書店で
琲を

青薔薇の庭園へ

蒼月海里

ハルキ文庫

角川春樹事務所

幻想古書店で珈琲を
青薔薇の庭園へ

I'll have coffee at
an illusion old bookstore.
Kairi Aotsuki

人物紹介

名取 司《なとりつかさ》

ひょんなことから不思議な
古書店『止まり木』で働く
ことになる。

亜門《あもん》

古書店『止まり木』の店主。
本や人との「縁《えん》」を紡ぐ
魔法使い。

コバルト

鮮やかな青髪で、
派手な身なり。
亜門と同じ魔法使い？

三谷太一《みたにたいち》

新刊書店で働くアルバイト
書店員。司の友人。

イラスト／六七質

珈琲《コーヒー》のほろ苦い芳香に交じって、甘い香りが漂ってくる。

木で造られた店内は、本で埋め尽くされている。壁一面が本棚で、床にも本が積み上がっていた。

奥には、喫茶店のようなカウンターがある。その上にはサイフォンやコーヒーミルが、壁にはカップやコーヒー豆がずらりと並んでいた。

多くない座席の一つに、客はいた。大きなシルクハットを被《かぶ》った、レースやフリルがふんだんに使われた派手な衣装をまとった青年だ。髪は鮮やかな青で、顔立ちは陶器人形のように整っている。

そんな青年の前には、切り分けられたダンディーケーキと淹《い》れたての珈琲があった。オレンジピールとドライフルーツがふんだんに入ったケーキを頬張《ほおば》りながら、青年は言った。

「流石《さすが》はアモン。俺が持ってきたケーキにぴったりの珈琲を淹れてくれたね。ところで、まだ一切れしか食べてないじゃないか。幾らでもあるから、どんどんおかわりしたまえ」

テーブルの上のダンディーケーキは、ワンホール分だった。

向かい席に座っている男は、「いいえ、結構」とやんわりと首を横に振った。

背筋をすらりと伸ばした紳士だった。珈琲色の髪をきっちりと撫《な》でつけ、上等な上着をまとっている。銀縁の眼鏡の奥に見える眼差《まなざ》しは、穏やかでもあり、猛禽《もうきん》のような鋭さもあった。

「コバルト殿。あなたもご存知の通り、私は、時間をかけてじっくりと味わうタイプでしてな。その方が、ケーキに使われたラムの風味も楽しめるでしょう?」

「美味《うま》いものはたくさん食べてこそだと思うんだけどなぁ」

コバルトはそうぼやきながら、次のひときれに手を伸ばす。

「そこは性格の違いですな。あなたも私も、昔からそうだったでしょう?」

「まあね」と答えて、コバルトはケーキを口にする。

「付き合いは長いけど、意見が合ったことはあまりないな」

「ええ。今はこうして、お互いに〝あちら側〟から離れておりますが、その理由もずいぶんと異なりますからなぁ」と、亜門《あもん》は自分の珈琲を啜《すす》りながら言った。

「そう言えば、あなたの首尾はどうなっているのです? 私に出来ることがあれば、支援したいのですが」

「いや、結構」

コバルトは亜門を真似《まね》るように、ぴしゃりと言った。

「まだ日が浅いから、如何《どう》とも言えないな。ま、しばらくは自分の力でやるさ」

「そうですか。まあ、実際問題、必要なのは我々のような同志の力よりも……」

ふたりは、ふと扉に視線を向ける。そして、同時に小さな溜息《ためいき》を吐《つ》いたのであった。

第一話　司、亜門との関係に悩む

神保町《じんぼう》の駅を降りると、いつものように〝止まり木〟を目指した。

魔法使いが潜む古書店〝止まり木〟は、神保町のランドマークと化している大手新刊書店の中にある。

古書店が所狭しと並ぶ靖国《やすくに》通りをゆるゆると歩き、件《くだん》の新刊書店の自動扉をくぐった。

エレベーターで向かう先は四階だ。神学や歴史関係の本が並ぶ、ある種の威厳すら感じるフロアだ。

四階に着くと、城壁のように並んだ本棚が私を迎えてくれる。最初は威圧感があったものの、今では見慣れた風景だ。

その中に、見慣れた人物もいた。

「いらっしゃい」

些《いささ》かぶっきら棒な声を投げてよこしたのは、ひょろりとした体躯《たいく》の書店員だった。

接客には向かないけだるげな表情と生気のない目をした彼こそ、友人の三谷《みたに》だ。彼はこのフロアの担当らしい。重そうな本を抱えて、棚に差しているところだった。

「やあ、おはよう」と挨拶《あいさつ》を返す。すると、三谷は他にお客さんがいないことを確認し、ツカツカと私に詰め寄った。

「おい。ついつい機会を逃してたけど、今日こそは案内してもらうぞ」

「えっ？　何処《どこ》に？」

「しらばっくれるな。〝止まり木〟だよ、〝止まり木〟。いるんだろう、本物の悪魔が」

「あ、ああ……」

古書店の魔法使いの正体は、悪魔だった。

比喩《ひゆ》ではなく、本物らしい。私も、いまだに信じられないが、この目と耳で真実を見聞きしてしまったのだから受け入れるしかない。

「そんなに気になるのか？　その……、〝悪魔〟ってところが」

口にするのは躊躇《ためら》われる。彼は、私が思い描いていたそれとはかけ離れていた。紳士的でいて、温厚で、繊細過ぎる人物だ。

そんな心境など露知らず、三谷は「もちろん」と身を乗り出した。

珍しく、日に光が差す。普段は省エネ状態の三谷だが、興味があることになるとスイッチが入ったように輝き出す。

「〝アモン〟って言ったら、地獄帝国の有力な大侯爵にして、魔神の王族の中でも最も強《きょう》靱《じん》な存在だ。四十軍団の悪霊を支配し、ソロモンの七十二柱に名を連ねる存在だぞ⁉　会いたくもなるさ！」

た。

三谷は、巨大ロボを憧《あこが》れの眼差《まなざ》しで眺める少年のような目をしながら、熱く語ってくれた。

「へ、へぇ……」

「へぇ、って、興味無さそうだな」

「うん、まあ……。本人がその事実を隠したがってたし、興味を持とうとも思わなくて」

「ふぅん、なるほどね。ありのままを受け入れるってことか」

三谷は納得してくれたようだ。

「でも、好きな魔神のうちの一柱だしさ。会ってみたいんだよなぁ。純粋に、〝止まり木〟にある古書にも興味があるし」

「ああ、本のラインナップは、三谷が好きそう。海外の古典文学が多いし」

「マジで？　それはもう、会うしかないだろう。っていうか、会わせろよ。図書カードやるから」

「図書カードで買収しようとしないでくれよ、書店員。それ、最終的に、お前の店の売り上げに結びつけようとしてるだろ……」

「いやいや。何処で使うかは、お前次第だぜ」

「僕が本をここでしか買わないのを知ってるくせに……」

新刊書店の売り場は六階まである。いずれのフロアも、本がぎっしりと詰まっていた。

そんなところに通っているので、他の書店に行く必要性があまりなかった。

「まあ、その辺は亜門に相談してみるよ。断られたりはしないと思うけど」

「ありがとう、名取《なとり》。持つべきものはトモダチだよな！」

「その、本とオカルトのことしか映ってない目に僕を映してから、そういう台詞《せりふ》を言って欲しいな……」

あまりにも白々しい三谷に、眉間《みけん》を揉《も》んだ。

「……あ、そうだ。オカルト関係に詳しいなら、一つ、質問があるんだ」

「なんだ？　呼び出したい魔神でもいるのか？」

「いや……、それはいいかな」

魔神アモンは穏やかで気さくだったけれど、他の魔神もそうとは思えない。

「そうじゃなくて、〝高き館《やかた》の王〟って何だと思う？」

「えっ!?」

三谷は本を落としそうになる。

「どうしたんだよ、そんなに驚いて……」

「だって、この流れでその名を聞くとは思わなかったからさ」

「え……？　そんなに変な流れだった？」

「変っていうか……。亜門さんと一緒にいるお前が知らないとは思わなくてさ……」

三谷が声を潜める。その様子には、戦慄《せんりつ》さえ窺《うかが》えた。

「そ、そんなに有名なのか……?」

「キングオブビッグネームだよ。お前も、絶対に聞いたことがある。今月の本代として取っておいてある二万円分の図書カードを賭《か》けてもいい」

三谷にとって、「命を賭ける」に等しい重さだ。

「聞いて驚け。〝高き館の王〟っていうのは、魔神ベル――」

「御機嫌よう、お二方」

よく通るバリトンボイスが我々の間に割って入った。

聞き慣れた声に振り向く。そこに佇《たたず》んでいたのは、きっちりと髪を整えた、フロックコート姿の紳士だった。銀縁の眼鏡の奥に見える瞳《ひとみ》は、穏やかであるが隙《すき》が無く、野性味を帯びた鋭さすら感じる。若い姿だが、えも言われぬ貫禄《かんろく》があり、森の賢者であるフクロウを連想させた。

亜門。古書店〝止まり木〟の店主にして、私の雇用主だ。

その正体は魔神アモンなのだが、今はその力を失い、わずかな魔法が使えるだけとなっているらしい。

「あっ、いらっしゃいませ！」

三谷の表情がぱっと輝く。接客のそれとは違う。親しみを持った接し方だ。

「あれ？　三谷、知って……るのか……？」

「勿論《もちろん》！　うちの常連さんだよ、常連さん！　主に、古書と洋書と文芸書を買ってくれるんだ。そりゃもう、大量に」

「大量に……」

亜門の片手には、膨らんだ紙袋が携えられていた。勿論、この書店のロゴが入っている。

「いやはや、ついつい買い込んでしまいましてな。頼んでいた本が入荷したと聞いたので、受け取りに行くついでに」

「受け取りに行くついでに……」

ついでに買う量ではない。

きっと全て、あの奥の指定席で優雅に消費されることだろう。いや、消費という言い方は適切ではないかもしれない。彼は、一度読み終わった本を何度も丁寧に読み返す。そうして浮かんだ想《おも》いを胸に抱き、読書の至福を味わうのだ。

「まあ、別にいいんですけどね……」

あなたがそれで幸せならば。

そんな気持ちを込めて彼を見つめる。言わんとしていることと若干呆《あき》れていることを悟ったらしく、亜門は苦笑をしてみせた。

「そうそう。先日勧めて頂いた本、読みましたよ！」

三谷はキラキラした瞳で亜門に話しかける。亜門もまた、ぱっと表情を輝かせる。

「おお、どうでしたかな？」

「アンデルセンの童話って、女子向けのイメージが強くて少し抵抗があったんですけど、やっぱり原典は違いますね！　宗教色があって、異文化を感じられるいいものでした。それに、〝人魚姫〟の結末は幼いころに聞いた話と印象が違いました！　てっきり、人魚姫の想いは完全に報われずに悲劇のままで終わるのかと思ってましたけど」

「ええ。確かに彼女の想いは報われませんでしたが、彼女にはまだ、徳を積んで天に昇るという救いの道が残されておりますからな。険しい道ではありますが、足を得たことの代償に耐えた彼女であれば、その試練も越えられるのではないか。そう考察することによって、読後感もまた異なるでしょうな」

亜門は深く頷《うなず》く。

「自分の知っている話だと、泡になった後に空気の精になって、恋人たちを見守る役目を担うっていう結末だった気がします。王子の愛を得たくてしょうがなかった人魚姫が、愛を得た人々を見守らなきゃいけないなんて、苦行じゃないですか。それじゃあ、あんまりにも可哀想《かわいそう》だと思って」

「そうですなぁ。実際は、彼女は一つの試練を乗り越えたから空気の精になったのであり、更に試練を乗り越えれば、人間の愛を得たのと同じように永遠の魂を得、天へ昇れるという流れなのですが」

「そして、両親に可愛《かわい》がられるいい子供を見つけると試練の日が減り、行儀のよくない悪い子を見つけると試練の日が増えるんでしたっけ。それをそのまま残してくれれば、いい教訓系の童話になったと思うんですよね。子供たちは絶対に人魚姫に同情するだろうし、そこで親が、『人魚姫が早く天の国に行けるように、いい子でいましょうね』って言えば完璧《かんぺき》じゃないですか」

どうして、その話が収録されていない本が多いんだろう。と三谷はぼやく。亜門も腕を組んで考え込み始めた。もう、すっかり二人の世界だ。

「もしかしたら、宗教の違いがあるからかもしれませんな。翻訳者は、日本の子供に天の国に行けるシステムを説明しても、理解し難いと思ったのかもしれません」

「ああ、なるほど。でも、仏教でも極楽と地獄があるくらいだし、ぼんやりと理解できる気もするんですけどね」

「考察すればするほど、謎《なぞ》が深まるばかりですなぁ」

だが、それが面白い。と言わんばかりに、二人は頷きあった。

「っと、長話をしてしまいましたな。勤務中に失礼しました」

「いいえ。接客も我々の仕事の一つですから」

三谷はそう言って胸を張る。背筋を伸ばした彼を見たのは、何年振りだろう。

「では、また。今度はゆっくりお話ししたいものです」

「ええ、また」と三谷が亜門を見送る。

「では、司君《つかさ》。行きますぞ」

「あ、はい」

歩き出そうとして、後ろから首根っこを掴《つか》まれる。「ぐえっ」と思わず変な声が出た。

「な、何するんだ、三谷！」

「なんだよ、名取。あの人と知り合いかよ」

「知り合いも何も……」

「もしかして……」

三谷は察していたようだ。私は静かに頷く。

「今のが、亜門だよ」

「やっぱり！　あの風格と知的な雰囲気、俺のイメージにぴったりだ！　もうちょっと話して来る！」

三谷は慌てて亜門を追おうとする。しかし、「三谷君、手ぇ貸してー！」と本棚の向こうから声がかかった。

「ああ、もう！」

「また、改めて紹介するから……」

「頼んだからな。絶対にだぞ！　もし約束を違《たが》えたら、お前を面陳《めんちん》してやる！」

意味不明の捨て台詞を放って、三谷は立ち並ぶ本棚の奥へと消えていった。

首を傾《かし》げつつ、私は亜門に続く。

亜門は、〝止まり木〟の扉の前で待っていた。この扉は魔法的なもので、限られた人にしか見えないらしい。だから、三谷も見つけられないのだ。

「随分と親しそうに話をしておりましたが、お友達ですかな？」

「ええ。腐れ縁みたいな感じですけど」

「ふふ、友がいるというのは良いことです」

亜門は朗らかに微笑《ほほえ》む。とても、地獄帝国の大侯爵には見えない。

「後で、三谷にあなたを紹介しても構いませんか？　そうしないと、僕、彼に面陳されるそうで」

そもそも、面陳って何です？　と尋ねる。

「面陳とは、本の面――すなわち、表紙を正面に向けて陳列することを指します。背表紙を向けて棚に差すよりも目立ち、注目を集めることが出来るというわけですな」

「なるほど。それを人間でやるとなると……」

「ふむ。磔《はりつけ》のことかもしれませんな」

亜門はさらりと言った。

「磔!?」

「ええ。神の子がゴルゴタの丘で処されたでしょう? あれを磔と言います。手足に杭《くい》を打ち、固定するのです」

「どんなものかは知ってますから! 詳しく教えてくれなくていいですから!」

「いやはや。試練とは言え、あれは痛ましいものでしたなぁ……」

「しみじみと思い出さないでください……」

ガックリと項垂《うなだ》れる。

「何かして差し上げようと思ったのですが、彼、試練を邪魔されると怒りますからな。まあ、あれも本人が覚悟の上でやっておりましたし、中途半端な同情は不要と思って、手は出さずにいましたがね」

「……その話は兎《と》も角《かく》、三谷は僕を磔にしようというんですね」

「そうですな。面白い言い回しだと思いますぞ。そのジョーク、私は気に入りました」

亜門は満足そうに頷いた。やはり、地獄帝国の大侯爵だ。

「まあ、大切な友人が磔にされては困りますからな。セッティングして頂ければ、私はいつでも馳《は》せ参じますぞ。三谷君とも、是非、ゆっくりとお話ししたいですし」

「友人……」

「おや。違いましたかな?」

亜門が尋ねる。眼鏡越しに見える瞳が、些か不安に揺らいだような気がした。それを消し去ろうと、私は「いいえ」と首を横に振る。

「その……、なんだか照れくさくて」

「今更、照れることなんてありますまい」

亜門は微笑む。私も微笑み返そうとしたが、はにかむようになってしまった。

私と彼では、種族が違うし、身分も違う。彼は魔に属する者だが、高貴でいて誇り高い。自分とは、あまりにも違う世界に生きているようだった。

しかし、そんな相手が、こうして私と肩を並べてくれる。それが嬉《うれ》しくもあったし、誇らしくもあったし、照れくさくもあった。

亜門が扉を開くと、染み付いた珈琲《コーヒー》の香りが私達を迎えた。

灯《あか》りがひとりでに点灯し、木で出来た店内を照らし出す。本が所狭しと積み重なり、壁も本棚に覆われていた。

奥にはカウンターがあり、サイフォンやコーヒーミルがインテリアと溶け込むように置かれ、棚には色とりどりのカップが並んでいた。本屋と喫茶店を兼ねた造りだ。

〝止まり木〟という名は言い得て妙で、落ち着ける空間だった。

亜門は、その奥にある革のソファの横に、紙袋を置いた。

ずん、という重々しい音が響く。

「やれやれ。気になる本があるとついつい買ってしまう癖を直さなくてはいけませんな」

「でも、そこが亜門らしいというか……。買った本をちゃんと読んでますし、いいと思いますけど」

「しかし、しまう場所が無いのは頂けませんな」

亜門は、床に積み上がった本の森を眺めて、眉間を揉む。勿論、数ある本棚は、どれも満員御礼状態だ。

「僕はもう、こういうディスプレイだと思ってますけど……」

「いやいや。本は本棚にしまわなくては。あなたも、ご自分の巣ではなく外で眠るとなると落ち着かないでしょう？」

「ええ、まあ……」

巣。と、心の中で反芻《はんすう》する。

これは、暗に「動物の巣のように散らかった場所」と言っているわけではない。普通に、家のことを指している。

彼はちょくちょくと、それも、ごく自然に、こんな言い回しをしていた。本質がフクロウだから、仕方がないのだろうか。

「やれやれ、この辺りも整理しなくては。お客様や司君が躓《つまず》いては大変です。内容が頭に入ってしまった本は、書庫に移さなくてはなりませんなぁ」

ジェンガのようになった本を前に、亜門はぼやく。

「それにしても……」

溜息《ためいき》。重々しいそれをこぼした亜門の横顔は、寂しげであった。

「どうしました？」

「いえ。先ほどの三谷君との話——人魚姫の話を思い出してしまいまして。あの話は好きなのですが、どうも、自分のことのように胸が痛んで仕方がありませんな」

ああ、そうだ。このひともまた、想いが成就出来なかったのだ。

かつて、恋焦《こ》がれていた女性がいたのだが、己が異形の身であることに後ろめたさを感じ、想いを伝えられなかったのである。

「亜門……」

肩を落とす彼に、そっと触れる。

「その、元気を出してください……僕に出来ることだったらなんでもしますから。と言っても、話を聞くことくらいしか出来ない気もしますけど」

そう。私は無力だ。彼に出来ることなんて限られている。でも、その限られた中で、彼の役に立ちたかった。

「司君……」

亜門は私を見つめる。その猛禽《もうきん》の鋭さと、人間以上に人間らしい切なさを抱いた瞳に、吸い込まれそうになる。

亜門は、そっと手を伸ばした。彼の意図は分からなかったが、それを受け入れようと、私は待った。

しかし、その手が届くことはなかった。亜門は、自らその手を押さえてしまったのである。

「亜門……？」

「……すいません」

亜門が背を向ける。

「あの、どうしたんですか？　僕が何か……」

「いいえ。私がいけないのです」

彼の背中ははっきりと私を拒絶していた。

何故《なぜ》だか彼は、心を閉ざしてしまったのだ。私に心の内を打ち明けず、自らの中に抑え込み、一人で戦っている。そんな背中を見ると心が痛む。私達は、親友になれたのではなかったのだろうか。

「……本、片付けるのならば、僕もやりますから」

友ではなく雇用主に向かって、そう告げた。

亜門は、どうすれば心を開いてくれるのだろう。少しでも心を通わせられたと思ったのは、幻想だったのだろうか。

のろのろと、鞄《かばん》を所定の場所へ置く。その時、ぱさっと小さな音がした。

「あれ……？」

床に、文庫本が落ちていた。それほど厚くない、手ごろなものだ。

タイトルは、〝夜間飛行〟。サン＝テグジュペリの作品だ。

「亜門、本が落ちて来たみたいです」

そっと拾い上げてやる。

「ああ。〝夜間飛行〟ですかな？」と亜門は振り向く前に言った。

「よく分かりましたね。落下音で判別出来ちゃうんですか!?」

「いいえ。彼はよく落ちるのです」

亜門がやって来る。私から〝夜間飛行〟を受け取ると、表紙をそっと撫《な》でてから、静かに書棚に戻した。

「彼は、主《あるじ》を喪《うしな》った本ですからな。新しい主が欲しくてしょうがないのです。この棚の本はどれもそうなのですが、特に彼はその気持ちが顕著ですな」

その気持ちを訴えるために、何度も落ちるのだという。

「なんだか、催促されているみたいですね」

「ええ。こちらは気が気ではありません。あまり落ちると、本も傷んでしまいますからな。

そうすると、引き取り手が居なくなってしまいますし」

「そうですよね。みんな、綺麗《きれい》な本を欲しがりますしね」

うんうん、と頷いた。

「サン＝テグジュペリって、星の王子さまの人でしたっけ」

「ええ。“The Little Prince〟は、彼の著作の中でも最も有名ですな」

「あれ？　それが原題ですか？　〝星の〟に当たる部分が見当たらないですね」

「ええ。訳者は内容から、〝星の王子さま〟としたのでしょう。原題を直訳すると、〝小さな王子〟ですな」

「へぇ……。有名な作品だっていうのは知ってるんですけど、まだ読んでなくて。興味はあるんですけどね」

「まあ、様々な出版社で翻訳されておりますからな。読み比べても良いでしょうし、司君がこれと思うものに会えるまで、じっくり待ってもいいかもしれません。私は、〝小さな王子〟も〝夜間飛行〟も、自信を持ってお勧めしますぞ」

「そうですか。それじゃあ――」

せっかくだし、〝夜間飛行〟を頂けますか？

そう問おうとしたその時、扉がぎぃと音を立てて開いた。

「いらっしゃいませ」と亜門の声が飛ぶ。入り口には、若い男性が立っていた。

外見的には、亜門と同じくらいの年齢だろうか。皺《しわ》一つないスーツを身にまとった精悍《せいかん》な男性は、店内を一瞥《いちべつ》する。

「失礼。準備中だったかな」

「いいえ。その入り口がある限り、この店は開いております」

亜門はそう言うなり、コートを脱いでカウンターへと向かう。

私は急いでエプロンを身にまとい、客として現れた男性を席に案内する。

神経質にひそめられた眉が印象的だ。ピリピリとした緊張感が、彼の威厳となって漂っていた。

「ふむ。ここは喫茶店なのか？　看板は見受けられなかったが」

「え――、いいえ。古書店です」

亜門の淹《い》れる珈琲があまりにも美味《おい》しいので、つい、「ええ」と頷きそうになる。しかし、喫茶店扱いすると亜門が静かに不貞腐《ふてくさ》れるので、用心しなくてはいけない。

「古書店か。まさか、このフロアに二店舗も古書店があるとはな。あまり訪れないフロアだから、気付かなかった」

「そ、そうですか……」

男性はむっつりとした面構えのまま、私が勧めた席に着く。机の上に控えめに置かれたメニュー表を見て、「なるほど」と呟《つぶや》いた。

「喫茶店を兼ねた古書店か。同様の形態で実績を上げた企業を知っている。やはり、業務特化よりもハイブリッドの時代なんだな」

「……そう、ですね」

何となく目を逸《そ》らしてしまう。

亜門がまともに経営を行おうとしていないことは知っていた。彼の収入源は全く別のところにあり、古書店や喫茶店で稼ぐ必要はない。完全に、彼の趣味と道楽と善良的な性格によって作られた、彼の城——本人曰《いわ》く、巣や隠れ家——なのだ。

真面目《まじめ》な分析に戸惑う私の背後では、亜門が珈琲豆を優雅に挽《ひ》いている。暢気《のんき》なものだ。

「……えっと、経営に興味があるんですか？」

「ああ。これでも経営者の端くれだ」

「えっ⁉」

「そんな器に見えないかね？」

男性はここで初めて笑った。皮肉めいた笑みだ。

「い、いえ、そんな！　確かに、威厳というかカリスマ性がありますし……。ただ、若いと思いまして」

「君の雇用主も同じくらいだろう？」

男性は亜門に視線をやる。

「なぜ、雇用主って分かったんですか？」

「雰囲気だ。ただのバリスタの風格ではない。それに、この店に溶け込み過ぎている。おおよそ、この店舗は君の雇用主で店主たる彼の好みを強く反映させたものだろう」

店の中身をほとんど言い当てられて、思わず言葉を失った。

「で、その店主が客のオーダーも聞かずに、サイフォンへ粉を投入しているわけだが」

男性に言われてハッとする。亜門は正しく、サイフォンのロートにコーヒー粉を入れているところであった。

「あ、亜門……！」

「お客様には、是非とも飲んで頂きたい珈琲が御座いましてな。もし、お気に召さなければ、こちらは無償ということに致しましょう」

「ほう」と男性は目を瞬《しばたた》く。

それを了承の意としたのか、亜門は作業を続ける。サイフォンで珈琲を抽出する傍らで、牛乳を鍋に入れて火にかけ始めた。

「それ、いつものコーヒーじゃないですね？」

「司君は見るのが初めてでしたか。あなたには、今度淹れて差し上げましょう」

亜門はそう言いながら、温めた牛乳と抽出した珈琲をブレンダーに投入する。両者を攪《かく》拌《はん》すると、蜂蜜《はちみつ》をあらかじめ入れておいたカップにそっと注いだ。

待っている間、男性はふと書棚に目を止めたが、すぐに興味を無くしたのか、それほど経《た》たぬうちに私や亜門に視線を移してしまう。

男性は少しだけ自分のことを話してくれた。実は、とあるＩＴ企業の社長らしい。一《いち》条《じょう》と名乗っていた。

一方、亜門はよくかき混ぜた珈琲とミルクの上に生クリームをそっと載せたところで、満足げに頷いた。

ふんわりとした生クリームが拡《ひろ》がるカップに、シナモンスティックを添える。まったりとした甘い香りが、優しく漂ってきた。

「シナモンコーヒーです。どうぞ、お召し上がりくだされ」

一条氏の前にそっとシナモンコーヒーを出す。シナモンスティックでかき回すと、シナモンの香りがふわりと混ざった。

魔法使いの住処《すみか》に、オリエンタルな香りが漂っている。何だか不思議な光景だ。

充分に混ぜたところで、一条氏が珈琲を口にする。緊張の一瞬だ。

じっくりと時間をかけて味わった後、彼は厳かにこう言った。

「悪くない」

顰《しか》められていた顔がわずかに和らいだように見えた。緊張がほぐれたのだろうか。

「お口に合ったようでしたら何よりですな」

亜門はそう微笑んだかと思うと、一条氏の向かいの席に腰を下ろした。

「……!?」

さも当然のように向かい合わせになる亜門に、さすがの一条氏も目を丸くする。

「それでは、リラックスをしたところでお話を聞きたいものですな」

「は、話？」

「ええ。何を隠そう、当店を訪れるのは、縁を失《な》くした方や縁を失いかけている方ばかりでしてな。あなたもその一人かと思いまして」

「縁を……？」

一条氏の顔が、左右非対称に歪《ゆが》む。

「それは、ぞっとする話だな。経営者として不吉過ぎる」

「そうでしょうなぁ」と亜門は暢気に頷く。

「最近、悩みごとなどは？　お聞かせ願えますと、有難いのですが」

「悩みごとか……」

しばらくの逡巡《しゅんじゅん》。亜門に値踏みをするような視線を向けていたが、やがて、彼の言うことに他意が見当たらないことを確信したのか、小さく息を吐いた。

「これでいいのかと、迷っている」

「ほう。何がですかな？」

「部下との接し方だ」

一条氏が話し始めようとすると、亜門は私に目配せをする。座って一緒に聞けというのだ。客である一条氏の相談に同席するのも気が引けたので、近くの席にそっと腰を下ろした。

「数年前、私は会社を立ち上げた」

一条氏は昼夜問わず働き続け、会社はめきめきと大きくなった。たった数人だった従業員も、その数年で何倍にも膨れ上がった。会社の成長は留《とど》まることを知らず、今もなお、成長を続けているのだという。

その中で、一条氏は部下を厳格に躾《しつ》けていた。ミスをした部下を厳しく罰していた。その中で、やめてしまう従業員も少なくなかった。

「だが、慣れ合いは組織を腐らせる。私がそうして厳しくしたために、減ったミスもあるはずなんだ」

「ふむ。一理ありますな」と亜門は頷く。

「しかし、防がれた失敗は証明することが不可能――」

「ああ。私のそれがどれだけ役に立ったかは、分からない。だがまあ、そんなことはどうでもいい。問題は、部下にこのまま厳しく接するべきか。それとも、人員を安定させるために、彼らに寄り添ってやるか……」

一条氏は眉間を揉んでいた。

「どちらも長所と短所がありますからなぁ。これは、決めるのが難しい」

「あんたは、部下——従業員に甘そうだ」

亜門の姿を眺めながら、一条氏が言う。

「ほう、そうですかな？　あまり甘やかしているつもりはないのですが」

亜門はきっぱりと言うものの、接客をする従業員を座らせるなんて、甘やかしもいいところだ。私は恥ずかしくなって、こっそりと席を立った。

「縁が失われるとすると、そこですか。このまま厳しい躾を続ければ、また、従業員が去ってしまうかもしれない——と」

「ハッキリ言われると、かなり不愉快な話だな」

「失礼。良い言葉が見つかりませんでな」

「まあ、構わないが」

一条氏はコーヒーカップを傾ける。亜門はそれを見つめながら言った。

「いずれ喪失が待っているのだとしたら、今のうちに対策をとっておきたいものですな。あなたの物語をバッドエンドにしないように」

「見かけに違わず詩的な表現を使うんだな、店主」

「魔法使いですからな。魔法使いは、幻想の中に生きるものです」

「魔法使い？」

胸を張る亜門に、一条氏は聞き返す。

「左様。あなたの縁を失わぬよう、私が手を貸しましょう。ただし、あなたの物語を見せて貰《もら》うのが条件ですが」

「そいつが、この〝代償〟とかいうやつか」

一条氏は面白がるように、メニュー表の一文を指し示す。

――代償として、あなたの物語をお見せ下さい。

「よりによって〝代償〟とは、随分と仰々しい言葉を選んだな。いいだろう。見せてやる。私はどうすればいい？」

「了承さえ頂ければ、特に何もすることはありませんな」

その言葉に、不敵な笑みを浮かべていた一条氏から、がくっと力が抜ける。

「魔法使いなんて言うから、てっきり、大袈裟《おおげさ》な呪文でも唱えるのかと思ったぞ」

「今回はちょっと演出を端折《はしょ》りたいのです。社長殿、あなたのお時間は限られているでしょうし」

片目をつぶって茶目っ気を出してみせる。

なるほど。私の本を出現させたときのあれは、演出だったのか。

それにしても、一条氏の視線は胡散臭《うさんくさ》い相手を見るときのものとなっている。きっと、魔法使いだということを信じていないのだろう。目の前で本を出してみせれば、魔法使いであることを証明するチャンスなのに。

「司君」

「はいっ！」

いきなり呼ばれて我に返る。

「右手を上げてくれませんかな？」

「こうですか？」

ひょいと右手を上げる。「有難う御座います」と亜門は微笑した。

「先ほどから、こちらをしきりに気にしている子がおりましてな。契約が成立したところで、ご紹介しましょう」

亜門が短く口笛を吹く。その瞬間、本が築いた森の中から、元気な羽音が聞こえてきた。

「鳥か？」

一条氏が腰を上げる。

だが、現れたのは本だった。薄めの文庫本が、鳥のように頁《ページ》を羽ばたかせてやって来る。

「な……！」

一条氏は絶句した。文庫本が目指しているのは、私だ。正確には、私の右手だ。

「おっとっと……！」

慌てる私の右手に、本が鳥のように止まる。

指の股にしっかりとおさまると、羽を休ませるように頁を閉じた。一瞬のうちに、鳥のような文庫本は、手の中に収まるただの文庫本になってしまった。

その文庫本に、見覚えがあった。サン＝テグジュペリの〝夜間飛行〟だ。

一条氏は、目をしきりに瞬かせている。自分が見たものが信じられないらしい。

「今の、どんなトリックなんだ？」

「トリックでは御座いません。まあ、敢《あ》えて言うなら魔法ですな」

亜門は私の手に収まったままの文庫本を取ると、唖然《あぜん》とする一条氏に差し出す。

「どうぞ。この本は、新しい持ち主を探していたのですが、どうやら、あなたのことが気に入ったようでしてな」

「……サン＝テグジュペリの〝夜間飛行〟か」

「その話を、ご存知ですかな？」と、亜門は一条氏に問う。

「いいや。サン＝テグジュペリは、随分と昔に〝星の王子さま〟を読んだことがあってな。それを思い出しただけだ」

「ああ、なるほど。彼の描写は美しいし、言い回しは心に響きますからな。〝夜間飛行〟は毛色が異なりますが、彼の魅力は相変わらずですぞ」

「……それが、あまり覚えてなくてな」

「ふむ、それは残念……」

亜門は明らかに落胆する。一条氏と、サン＝テグジュペリの魅力について語り合いたくて仕方がなかったに違いない。

「それで、これが私の問題を解決に導いてくれるとでも言うのか？」

一条氏は文庫本をいろんな角度から眺めながら問う。さっと、鳥のように飛行させる仕組みを暴こうとしているのだろう。亜門はそれをあたたかい眼差しで見つめていた。

「そうですな。我々の話を聞いて飛び出して来るくらいです。彼もまた、確信があってのことでしょう」

「……本に人格があるとは思えないが」

一条氏はぴしゃりと言うが、「それはどうでしょうかな」と亜門は含み笑いを浮かべる。

「それに、私としても、今のあなたにその本をお勧めしたいところですからな。あなたは迷っているように見えます。ですから、何を目指すかを今一度、考え直してみてはどうですかな？」

「………………」

亜門の言い知れぬ説得力を帯びた笑顔を前に、一条氏は再び、〝夜間飛行〟を見つめた。

「まあ、そこまで言うのなら……。しかし、読む時間があるかどうか」

今だって、仕事の合間にやって来たのだという。経営についての本を探すために下のフロアにいたところ、珈琲の香りに惹《ひ》かれてやって来たそうだ。

「まあ、この厚さならばそれほど時間をかけずに済むと思うがな」

「早く読み終わるか否かよりも、本と向き合うことを考えて頂けると嬉しいですな」

亜門が釘《くぎ》をさす。

「本と向き合う？」

「ええ」

亜門は頷く。それ以上は語らない。

結局、亜門は一条氏に〝夜間飛行〟を譲る形となった。曰く、本が持ち主を選んだので、一条氏に何かを要求するのはおかしい。だから、無償で構わない。とのことだった。

私としては、彼に〝夜間飛行〟を持っていかれるのは口惜《くや》しかったし、彼に渡していいものなのかが気になった。何せ、彼は書棚にほとんど興味を示さなかった人だ。

しかし、きっと亜門には考えがある。そう思って、私は亜門に従った。

一条氏は〝夜間飛行〟を片手に、「ご馳走《ちそう》さま」と去って行く。我々は、並んでその背中を見送った。

「さてと。彼の本ですが」

亜門の手には、いつの間にか立派な本が収められていた。本のカバーはしっかりとした革で、本というよりもスケジュール帳を連想させるあたりが、一条氏によく似ていると思った。

「あれ、亜門。鍵《かぎ》がついてますよ」

「おや。本当ですな。これはどうしたらいいやら……」

本には鍵が掛かっていた。革製のバンドでしっかりと固定されていて、中を読むには鍵を開けてバンドを解くしか方法はない。

「針金を通してみるとか……」

「ふぅむ……」

亜門は一旦《いったん》店の奥に引っ込み、針金を携えて帰って来た。先端を曲げて鍵穴に差し込むものの、フィクションのようには上手《うま》くいかない。

「さっぱり手ごたえがありませんな……」

「開錠の魔法を使うとか……」

「あれは些か複雑でしてな。今の私には扱いかねます」

「そういうものなんですか……。鍵が掛かっている家に侵入するときに使いそうだし、単純なものかと思ってたんですけど」

私の発言に、亜門は考えが甘いと言わんばかりに指を振った。

「そもそも、我らは招かれる者ですからな。コソ泥のように鍵を開けて忍び込む必要などないのです」

「術者に召喚されるっていう……」

「左様。正面から堂々と現れるのが、我らの流儀というものです」

亜門は深々と頷く。

三谷が言っていた、侯爵という爵位を思い出す。亜門の持つ高貴さと風格は伊達《だて》ではなく、やはり彼は貴族なのだ。ゆえに、魑魅魍魎《ちみもうりょう》のように、こっそりと人様の家に侵入することはないのである。

「このバンドを切る……わけにはいきませんよね」

「とんでもない！」

即答だった。

「バンドもまた本の一部。それに刃物を入れるなんて……」

「す、すいません。言ってみただけです！　本当にやろうなんて思ってないですから！」

わなわなと震える亜門に慌てる。

「まったく。冗談でも言っていいことと悪いことがありますぞ」

「……そうですね。まさか、そんなに本気で怒られるとは思わず……」

鍵を開けるのも無理、バンドを切るのも無理。そうなると、やはり魔法に頼りたいところだ。

「あ、そうだ。コバルトさんに頼んでみたらどうですか？　あの人も魔法が使えるんですよね？」

「とんでもない！」

こちらも即答だった。

「あの方に頼んだら、どうなることやら……」

「開錠の魔法、あんまり得意じゃないんですか？」

「いいえ。それは分かりません。が、あの方ほどのお力があれば、楽に開けられるでしょうな」

「じゃあ、どうして……」

「彼がまともに開けてくれると思いますか？」

ヴィジュアル系のマッドハッターの顔を思い出す。そして、嵐《あらし》のように現れ、嵐のように場を引っ掻《か》き回す様も思い出す。

「……まともには開けてくれないかもしれませんね」

「装丁が地味だからといって、彼好みの装飾を施されるかもしれませんし、何かが飛び出す本にされるかもしれませんな」

何か、とぼかされると、余計に想像力を掻き立てられて恐ろしい。

「では、その案はなかったことに……」

「ええ。なかったことに」

亜門からそっと目を逸らしつつ、私達は一条氏の本に視線を戻す。

「そもそも、どうして鍵がついているんでしょう。触れられたくないことでもあるんでしょうか」

「……彼が、秘密主義者なのでしょう。他人に、容易に気持ちを打ち明けられないのです」

「亜門には話してましたけど……」

「それは、彼にとって、私がただの店員だからでしょうな。彼の縄張りの外にいる存在だからです。しかし、彼の縄張りの中にいる者達には、絶対に心中を明かさない……」

黙して語らない本の表紙を、亜門はそっと撫でる。

「心配、ですか？」

「そういう顔をしてましたかな？」

「ええ」と私は頷く。

「確かに、そうですな。彼は優秀な人間のようですが、それゆえに危ういところもある」

亜門は本を手に、ゆるゆると歩き出す。

向かう先は、店の奥にあるソファだ。彼の指定席である。

「中身の分からぬ本は、人に疑問と不安を与えます。また、本と向き合いたいという者を拒絶しているので、内容を理解されることもないのです」

亜門は腰を下ろすと、深い溜息を吐いた。

「人間もまた、そうでしょう？」

「……ええ」

心中を明かさぬ一条氏は、部下にとって不安の種になっているということなんだろうか。でも、その部下達の気持ちはよく分かる。私もまた、同じ気持ちだからだ。

「……っと、失礼」

亜門が私の視線に気付き、そっと目を逸らす。彼も勘付いたのだろう。自分が墓穴を掘ってしまったことに。

亜門は未《いま》だに、私に心を打ち明けない。

こんなに近くにいるというのに、亜門が遠くに感じる。

この心の距離が縮まるのは、いつなんだろうか。彼が、遠慮なく本心を打ち明けてくれるようになる日は来るのだろうか。

そんな想いを胸に、私は従業員として、一条氏の使っていたカップを片付けるのであった。

数日後のことだ。いつものように、私は〝止まり木〟へ向かっていた。

件の新刊書店には、神保町駅から路地裏を行くのが最も早い。その途中で、私は気になるものを発見した。

「ホワイトカレー?」

そう。路地裏の一角にある店の前で、ホワイトカレーと書かれたのぼりがはためいていたのだ。

ホワイトということは、白いのだろうか。白いカレーなんて想像できない。

首を傾げていると、見覚えのある人物が通り過ぎる。私は思わず、声をかけた。

「あっ、この間ぶりです、一条さん」

「君か」

一条氏は私の顔を覚えていてくれたらしかった。

「今日は、会社で使う資料を探しに来た」

「大変ですね……」

「私の会社だから、そうは思わない」

何てことのないように言う。立派な人だ。

しかし、些か顔色が悪いように見える。目の下にもクマが出来ているし、あまり寝ていないのだろうか。

「そう言えば、本は……」

「――ああ」

少しの間をおいて、一条氏は思い出したように声をあげる。

「〝夜間飛行〟ならば、二日で読み終えた。時間の合間を使って読んだから、遅くなってしまった」

「いえいえ、充分早いですよ！」

「集中すれば、一時間程度で読み終えるんだが」

亜門が渡した本の厚さを思い出す。それほど厚くないとはいえ、私であれば、少なくとも二時間は必要かもしれない。しかも、本が言わんとしていることを理解するには、二回以上は読み直したい。

「どういう風に読んでいるんですか？」

「斜めに読むんだ。また、文章を形で認識し、単語を拾って全体を把握する」

「へぇ……、そんな読み方があるんですね。すごいなぁ……」

しかし、内容がどれほど頭に入るんだろう。一条氏は優秀な人物だから、もしかしたら、さらっと読んだだけでも一から十まで分かるのかもしれないが……。

「あの……」

「なんだ？」

「よろしかったら、また、〝止まり木〟に寄って行きませんか？　僕、これから出勤するところなんですけど……」

「いいや。結構」

一条氏はぴしゃりと断わる。

「今日はゆっくりしている暇はない。また、あの店のコーヒーを飲みたいとは思うがね。しかし、それよりも優先すべきことがある」

「資料探しですか？」

「いいや、それだけではない。クライアントから連絡待ちの件があってな。会社に帰った頃に返事が届くだろうから、その処理をしなくてはいけない。……こんなこと、あってはいけないはずなのに」

「え？」

「部下が有り得ないミスを犯してな。最近、それが続いている。気が弛《ゆる》んでいるのかと思って、処罰を言い渡したところだが――」

一条氏は、そこまで言うと口を噤《つぐ》む。

「ああ、私は何を言っているんだ。こんなこと、話すべきことじゃないのに。忘れてくれ」

「は、はい……」

「とにかく、〝夜間飛行〟の主人公であるリヴィエールのように、部下は厳しく躾けねばなるまい。あれを読んで、今まで以上にそう思うようになった。君は、あれがどんな話か知っているか？」

「い、いいえ」

「航空便会社の社長であるリヴィエールの、戦いの話だ。戦いと言っても、銃や戦車を使うそれではない。夜間飛行が危険視され、鉄道便や船便に委ねるようになった時代、世間の批判と戦いながら、夜間飛行を行うという話だ。彼は社長だからな。飛行士に指示をする立場だ。社長としての苦悩が描かれていたから共感が出来た」

「なるほど。一条さんにぴったりな本だったんですね」

本自身が一条氏を選んだのには、ちゃんと理由があったのだ。

「ああ。兎に角、ミスを許してはいけない。徹底的に、ミスを潰《つぶ》さなくては。そのために、人間らしい同情など要らない……。リヴィエールはそうしていた」

眉間を揉み、ぎゅっと目を閉じる姿が辛そうだ。精神的に、かなり応《こた》えているんだろう。だからこそ、亜門と会って欲しかった。亜門の珈琲を飲み、亜門と話をすれば、少しは気が紛れるだろうに。

そう。こういう役は、未熟な私では務まらない。長い年月を生き、人に寄り添い、人のように胸を弾ませたり痛めたりした彼でなくてはいけない。

そう思っているうちに、一条氏は歩き出す。

「では、失礼するよ。君も、遅刻をして店主を困らせんようにな」

「あっ……」

一条氏はさっさと立ち去ってしまう。あっという間に小さくなる背中を、私は見送るしかなかった。

「大丈夫……じゃなさそうだな」

私ものろのろと歩き出す。

ひとまず、亜門に相談しよう。亜門もまた、一条氏と本が気になっているはずだし、何よりも、私自身が彼と会って、この胸に渦巻いた不安を拭《ぬぐ》い去りたかった。


「司君、開きましたぞ！」

〝止まり木〟に入った瞬間の第一声が、それだった。ソファに座っていた亜門は、立ち上がったかと思うと大股《おおまた》でやってきた。

「もしかして、一条さんの本ですか？」

「その通り！　ほら、ご覧下さい！」

亜門が興奮しているのは珍しい。本から離れたバンドよりも、目を輝かせている亜門にばかり目が行ってしまう。

「どうやって開けたんですか？」

「それはもう、努力の賜物《たまもの》というやつですな」

亜門は得意げだ。きっと、針金で粘り強く頑張ったのだろう。この立派な紳士が、必死にかじりつきながら、ちまちまとした作業をする姿を思い描く。

「なんだか、可愛いな……」

「ん？　何か言いましたかな？」

「い、いえ、なんでもないです」と慌てて首を横に振る。

「私は耳がいい方でしてな。私の勘違いでなければ、司君は紳士に対してあるまじき発言をしたような気がするのですが……」

「そ、そ、そんなことより！」

しかめっ面で顔を覗《のぞ》き込む亜門を、ぐいぐいと押し戻す。

「本の内容はどんな感じだったんですか？」

「ああ。それはまだ見ておりませんでしてな」

「えっ、そうなんですか？」

針金で粘り強く頑張るのなら、物凄《ものすご》く気になっていただろう。

しかし、亜門は穏やかに微笑んでこう言った。

「司君と一緒に見たかったのです」

「亜門……！」

紳士としての気遣いと友人としての気遣いに、心が打たれた。

亜門は、一秒でも早く本の中身を見たかっただろうに。

「どうしました、司君？」

「その……、気遣いに思わず感動してしまって」

「大袈裟ですなぁ。あなたは大事な友人。このくらいの心遣いは当然です」

朗らかに、亜門は笑う。

何故、このひとが悪魔なのか。むしろ、悪魔と称した輩《やから》が悪魔ではなかろうか。亜門から後光が差しているのを幻視しながら、私は、彼に招かれるままに肩を並べる。

「あそこまで厳重だと、どんなことが書かれているのか楽しみですね」

「そうですな。しかし、逆に我々が知ってはいけない秘密が書かれているかもしれないとも思えましてな」

「ああ、会社のマル秘情報とか」

「もし、そんな内容でしたら、二人で見なかったことにしましょう」

「そうですね……」と頷く。

「では、開けますぞ」

亜門が表紙をそっと開く。私の中では、他人の日記を見るような気まずさと背徳感と、高揚感が渦を巻いていた。

本の中身が目の前に晒《さら》される。その瞬間、私と亜門は絶句した。

「……お、おや？」

「で、電子？」

そう。目の前に現れたのは、紙ではなかった。革のカバーから覗く側面は、書物のそれにそっくりだったが、中身はタブレット端末だったのだ。

「こ、こ、これは、どういう」

「亜門、落ち着いて下さい。あなたの魔法って、人の人生を本にするものですよね？」

「え、ええ」

「一応、電子書籍も本ですから、イレギュラーが起こったわけではないと思います、たぶん」

「な、なるほど……。データとはいえ、電子〝書籍〟ですからな」

亜門も納得したらしい。しかしそのまま、固まってしまっていた。

「これは、見たことが無いタイプの機械ですな。もしや、電子書籍端末というやつでは……？」

「え、ええ。そうだと思います」

「司君、操作して頂けますかな……？」

「えっ、いいですけど」

亜門は私にタブレット端末を手渡す。かなり軽量で、持ち運びが便利そうだ。亜門は、それを苦悶《くもん》に満ちた眼差しで見つめている。

「亜門は電子機器が苦手でしたっけ？」

先日、私の携帯端末を使って、検索をしていた気がするが。

「ネットサーフィン程度なら出来るのですが……」

「ああ……」

この様子だと、そこに踏み込むまでに随分と苦労したのかもしれない。

「私はどうも、近代の演算魔術について行けませんでな」

「魔術というほどでは……」

「いいえ、魔術です。むしろ、魔術よりも高度かもしれませんな。心得の無い者が操作しても同様の結果が得られるように作られているわけです。機械というのは、本当に侮り難いものです」

「まあ、確かに便利ですよね」

亜門にとって、機械の根本である回路やプログラムこそが魔術なんだろう。そう言われてみれば、複雑な数式を駆使するエンジニア達は魔法使いのようだ。

「そんなに操作も複雑じゃないですし、怖がらずに触ってみたらどうですか？」

「しかし、精密な魔術で構成されているようですからな。微量とはいえ、私は魔力を持つ身。干渉し合って壊れるかもしれません……」

「性質が違うから干渉しませんよ、たぶん。そもそも、スマホを弄《いじ》っても平気だったじゃないですか」

魔力でなく、電力を持つのなら干渉するかもしれないが。

「あ、あれ？」

「どうしました、司君。異常干渉でも起こしましたか？」

「だ、大丈夫です。そんな物騒っぽいのは起きてないんで、構えないでください！」

より鋭くなった猛禽の双眸《そうぼう》に、思いっきり首を横に振る。

「ただ、パスワードを要求されちゃいまして」

「パスワードとは、〝アリババと四十人の盗賊〟における、『オープンセサミ』のようなものですな？」

真顔で尋ねる亜門に、「え、ええ」と頷くことしか出来ない。発想がやはり魔法使いだった。

「困りましたな。鍵が更に掛けられているとは」

「そんなに、見せたくない内容なんですかね……。そう思うと、そのままにしてあげた方がいいような気が……」

「いいえ。それはなりません」

亜門がキッパリと言う。

「本にしたからには、私はどうしても読みたいのです。なぜ、私が本を読むか分かりますか？　そこに本があるからなのです！」

亜門は絶対に諦《あきら》めないだろう。彼は、拳《こぶし》を握りしめて燃えていた。

「もしかしたら、そのパスワードは、ご本人に深くかかわりがある言葉かもしれませんな。いっそのこと、秘密を暴く方のお力を借りるとか」

「それって、亜門の同胞の……」

「左様。あなた達が、悪魔や魔神と呼ぶ存在ですな」

亜門はあっさりと頷いた。

「召喚状を出すのはかなり気が引けますが、この際、手段は選んでいられません。ひとまず、秘密を暴けそうな方を片っ端から呼び出して、徹底的に暴いてしまいましょう……」

発想が徐々にえげつなくなってくる。やはり、この温厚な紳士が神や天使と呼ばれないのには理由があるのだ。

「あっ、本人と言えば……」

一条氏と会った時の話をする。すると、亜門の表情は徐々に険しいものになってきた。

「ふむ……。それは、引っかかりますな」

「やっぱり、そうですか。どうしてかは具体的に分からないんですけど、胸騒ぎがして」

「……参りましょう」

亜門はそう言うなり、私の手から電子書籍端末を受け取り、奥へ引っ込む。

「えっ、何処へ？」

「彼の会社へ、です。場所を調べてください」

奥の部屋から声が投げられる。一条氏の会社の名前は知っていた。私は、自分の携帯端末を取り出し、場所を検索してみた。

「見つけました！」

「結構」

奥から現れた亜門は、コートをきっちりと着込んでいた。

「彼はもしや、勘違いをしているのかもしれません」

「勘違い？」

「彼に重要なのは、そこではないのです」

亜門は眉間に深く皺を刻む。苦痛を堪《こら》える、あの表情になっていた。

「さあ、司君もおいでなさい。早くしないと手遅れになりそうですからな」

その言葉に、私も慌ててエプロンを脱ぎ、鞄を抱えて亜門に続いたのであった。

手遅れになるかもしれない。亜門の言葉が不吉な余韻を残していた。

一条氏の会社は神保町からそれほど遠くなく、私達は徒歩で向かった。足早な亜門に対して、私は小走りで追いすがるように歩く。いつもは歩調を合わせてくれるのだが、今はその余裕がないということか。

「あのビルです！」

通りに面したビルの一つを指さす。そこは、人だかりが出来ていた。

「一体何が……」

ビルの前を埋め尽くさんとしている人々は、空を見上げていた。否、ビルの屋上に釘づけになっていた。

「あれは……っ」

そこには、人が立っていた。

痩《や》せた若い男性だ。無精ひげを蓄え、真っ白な顔で地上を見下ろしている。その身体は、屋上を囲う柵《さく》の外にあった。

「まさか、飛び降りようとしているんでしょうか……？」

「そのようですな……」

状況を把握せんと、周囲を見回す。すると、一条氏の姿を見つけた。彼は、屋上の男性に向かって、声を張り上げている。

「馬鹿なことはやめろ！　死んでしまったら、何もかも終わってしまうぞ！」

「煩《うるさ》い！」

屋上の男性は叫んだ。ほとんど、悲鳴みたいな声だった。

「どのみち、首を切られた時点で俺は終わってるんだ！　あんたに買われて来たのに、あんたの期待に応えられない！　あんたとしても、そんなやつ、死んだ方がいいだろう⁉」

恐らく、屋上の男性は一条氏の会社の社員なのだろう。一条氏の言っていた、ミスを犯した人なんだろうか。処罰というのは、解雇ということなんだろうか。

「私は……！」

「あんたは厳しいばかりだ。どうせ、俺達のことなんてコマの一つに過ぎないと思っているんだろう⁉　そんなに成功をおさめたかったら、一人でやればいいんだ！」

屋上の男性は、吐き出すように言う。

そんなやり取りを眺めながら、亜門は私を軽く小突いた。

「司君。もう、どなたかが呼んでいるかもしれませんが、警察を」

「は、はい」

「私は、行ってきます」

いつの間にか脱いでいたコートを押し付けられた。気付いた時には、亜門はビルの中へと駆けて行った。

「くっ……！」

それに気付いた一条氏も走り出す。屋上の男性は、「ひっ」と声をあげた。

私は亜門のコートを小脇に抱え、警察に連絡をする。すぐに来てくれるということだが、当然、一瞬で来られるわけがない。

それまでに、どうにかならなければいいのだが。野次馬の中には、動画を取り始めた者もいる。半笑いのそいつを、殴ってやりたかった。

「安田《やすだ》！」

屋上に一条氏が現れる。男性は安田というらしい。

「もうやめろ！　私が悪かった！　会社に戻れ！」

「来るな！　飛び降りるぞ！」

安田は更に踏み出そうとする。その先には何もない。踏み込んだが最後、あとは落下してアスファルトに叩《たた》き付けられるだけだ。

「あんたがこうして乗り込んできたのも、俺が死ぬと会社の名前に傷がつくからだろう」

「……違う」

「違うものか！」

安田が叫ぶ。その瞬間、彼の身体が大きく傾いた。

風だ。地上から吹き付ける風が、彼の身体を容赦なく嬲《なぶ》ったのだ。

「あっ――」

バランスを崩した安田は、足を踏み外す。

「安田ー！」

一条氏は身を乗り出し、安田の身体を掴まんとする。安田もまた、一条氏に手を伸ばした。しかし、遅かった。安田の手はそれを掴むことが出来なかった。

地上で悲鳴が上がる。私は何とか受け止められないかと走り出す。

しかし、その瞬間、安田がいた場所の真下の窓から、見慣れた紳士が飛び出した。

「摑まりなさい！」

亜門だ。タイミングを見計らっていた亜門は、安田の腕をしっかりと摑む。安田もまた、亜門の腕にすがった。

間一髪。屋上からやって来た一条氏の手助けもあって、安田は何とか救助された。警察が到着したのは、その後のことだった。

安田は地上に叩き付けられなかったものの、念のためにということで、病院に搬送された。一条氏は警察に事情を説明し、その間に、野次馬はすっかりいなくなっていた。

あとに残されたのは、私と亜門だけだった。

「……いやはや、困ったものですな」

「そうですね。確かに、職を失うのは辛《つら》いですけど、自殺だなんて……」

「いいえ。彼のことです」

警察を見送る一条氏を眺めながら、亜門はぼやく。

一条氏は憔悴《しょうすい》しきった表情で、それでも、出来るだけ姿勢を良くしてやってきた。

「その、世話になった。あんたが居なかったら、私の部下は……」

「そんな挨拶はどうでも良いのです」

亜門は素っ気なく言った。あんまりにも彼らしくない態度に、私はぎょっとする。その横顔は、怒っているようにも見えた。

「あなたはお疲れのようですからな。今日は会社に戻らない方がよろしい」

「いや、しかし、何があろうと立ち止まっているわけには……」

「時には立ち止まることも必要ですぞ。それに、あなたには向き合って貰わなくてはいけないものがありますからな」

「向き合うべき……もの？」

「そう。サン＝テグジュペリの〝夜間飛行〟です」

「しかし、あれは既に読んだぞ⁉」

「いいえ」と亜門はきっぱりと言った。

「斜め読みでは、理解に限界がありますからな。書いてあることの表面しか分からないこともあります。個人差がありますが、まあ、あなたの理解度は分かりました。その上で申し上げますが、是非とも、もう一度読んで貰いたいのです」

そこまで言うと、亜門は小さく息を吐いた。

「読書の醍醐味《だいごみ》とは、本と対話をすることにあります。本の語り掛けに耳を貸さなくては、読んだことになりませんぞ」

　一条氏は反論しなかった。ただ、亜門の言ったことを胸の中で反芻するかのように、じっと押し黙っていたのであった。


　新刊書店に戻った私は、文庫本の〝夜間飛行〟を購入した。

　そして、自分のペースでじっくりと時間をかけて、本と向き合ってみる。

　この本の主人公である、老いた社長、リヴィエールは厳しい人だった。

　――ものごとというものは、ひとが命じ、ひとが従い、それによって創り出される。悪がひとを通じて現われる以上、ひとを取り除かなくてはいけない。

　そう言って、自らが規則の化身となり、〝悪や過ち〟を裁いていく。二十年間会社に尽くしてきた老人も、気のいいパイロットも、容赦なく無慈悲に罰していく。――が、それは、表面的なものだった。リヴィエールは人間らしく葛藤《かっとう》し、老人のミスをしたため た報告書を破ってしまおうかと悩んだり、相手の気持ちに寄り添おうとしたりしていた。

　それでも、彼は最終的に、無慈悲な裁きを行う。

　彼は言う。自分は、人ではなく悪や過ちと戦っている。それらは人を通じて行われるので、それらを取り除くには、人を取り除くしかなかった。

ふと、部下の自殺を止めようとしていた一条氏を思い出す。彼も恐らく、部下のことは大切に思っていたのだろう。

しかし、敢えて厳しい態度に出た。そこは、リヴィエールと同じように思えた。

「……いや」

私は何度も前に戻りながらも、ページを進めた。

リヴィエールの前に、大きな試練が立ちはだかる。誰もが絶望的と思う局面に、彼は立たされる。

しかし、彼は迷わず前進する。老兵の、勇ましく、美しい姿が描かれていた。

一条氏も、それに倣ってか前進しようとしていた。しかし、亜門はそれを止めた。

一条氏とリヴィエールの、どこに違いがあるのだろう。そもそも、リヴィエールは何故そうまでして、前進しようとするのだろう。

自らの野望のため？　それとも、破れかぶれになってしまったから？

否、そんな低俗なものではない。もっと気高く、美しいものだ。

私は物語を巻き戻す。確か、ヒントが隠されていたはずだ。

無数に羅列された文字を追い、物語を何度も逆行し、時には早送りして、私はそれを探す。

夜空の厚い雲の中、陸地から見える灯りを必死に探しているみたいだった。いや、探り当てることに関しては、こちらの方が難しいかもしれない。前も後ろも文字が覆い尽くす中、私が探しているのもまた文字なのだ。

「……あった」

古代文明が遺《のこ》した神殿の話があった。

王は、いずれ滅びる彼らに憐《あわ》れみを抱き、過酷な労働を強いてまでも神殿を遺したのではないかと考察する場面があった。

それが無ければ、今日、リヴィエール達がその古代文明に想いを馳《は》せることはなかっただろう、と。

人は老い、いずれは死ぬ。人と人が愛し合うことは幸福であるが、いずれは人と共に潰《つい》えてしまうものだ。どんな偉人でも、どんな愛を育んでいても、最終的には土に還《かえ》ってしまう。

リヴィエールはその先にあるものに手を伸ばそうとしていた。

彼が前進する理由は、私利私欲や会社のためではない。人類の歴史に自分達の足跡を残し、未来の礎となるためなのではないだろうか。

それから数日後、出勤しようとしていた私は、靖国通りで一条氏と出会った。

「やあ」

挨拶をしてくれた一条氏の顔色は、あの時よりも良いように思えた。

挨拶をかわすと、彼はこう言う。

「その……、私は目先のことしか見えていなかった。会社を大きくしたくて、理想の指導者とはどんなものかということばかり悩んでいて、その先を見ていなかった。しかし、それでは行き詰ってしまうのだということに気付かされた。これからは、わが社がいかに社会貢献出来るかを考えながら、私のやり方でやろうと思う」

「一条さんの、やり方で……」

「私には、リヴィエールほどの覚悟とカリスマがないからな。彼の戦い方は合わない」

一条氏は首を横に振る。そして、ややあってこう言った。

「……私は、褒めたくてしょうがなかったんだ。従業員には、それぞれに良いところがある。それをすべて、彼らに伝えたかった。しかし、それによって、彼らを甘やかすことにならないか、心配だったんだ」

「だから、厳しくしようと努めていたんですね……」

「ああ。だが、これからは飴《あめ》と鞭《むち》を使いこなすさ。鞭の扱いには、だいぶ慣れたしな。規則はきっちりと守ってもらうが、褒めるべきところは褒める。長所は伸ばしてこそ――だろう？」

「それ、とてもいいと思います……！」

「そうか？　それは良かった」

一条氏は静かに微笑む。

とても澄んだ瞳だった。空も地上も満天の星の光で満たされる、快晴の夜のような輝きだ。

「また、時間がある時に邪魔をするかもしれない。本を読みたくなったからな。同じく、サン＝テグジュペリの〝星の王子さま〟を買った。昔に読んだとは言え、内容をほとんど忘れてしまったからな。また、あの哲学的な王子に会いたくなってしまった」

「ぜひ、遊びに来てください！　亜門も喜びます！」

「では、そろそろ行かなくては。失礼するよ」

一条氏は鞄からスケジュール帳を取り出す。

その時、私は気付いてしまった。一条氏の鞄の中で、あの〝夜間飛行〟が心地よさそうに収まっていることに。

もう、飛び出す気配はない。一条氏のそばが彼の巣だと言わんばかりだった。

「良かったね」とこっそり声をかける。一条氏が不思議そうな顔をしていたが、構わなかった。

きっと、この人はもう大丈夫。

挨拶を残して去りゆく一条氏の背中を見守りながら、私は確信したのであった。

その話を〝止まり木〟で亜門にすると、彼はたいそう喜んだ。

「そうですな。読書も経営も、自分のペースでやるのが一番なのです。特に後者は、迷いがあってはいけない。人の人生を預かっているようなものですからな。だから、彼には迷わないための目標を持って貰いたかったのです」

一条氏は結論を急ぎ過ぎていた。自分のやり方がそれでいいのかと迷っていた。だから、読書をじっくりすることで、腰を据えて考えることを思い出して欲しかった。そうすることで、彼は飛躍的に伸びるだろうから。

そんな亜門の話を、私はじっと聞いていた。

「……司君。ひとを凝視して、どうしたんです？　何やら、可笑《おか》しなことを申しましたかね」

「いいえ。やっぱり、亜門はすごいなぁと思ったんです」

「すごい……？」

「ええ。何でもお見通しじゃないですか。やっぱり、賢者のイメージそのままだな、と思いまして」

素直な賞賛を向ける。亜門は戸惑うような、はにかむような顔で、「そんなことは……」と言っていた。

「謙遜《けんそん》しないでくださいよ。僕は、そんなあなたの友人でいられるのが、誇らしいんですから」

苦笑する私に、亜門はふっと思い詰めるような顔になった。

「司君……」

「はい？」

亜門はぎゅっと自分の手を押さえる。苦しそうな顔をしていた。私はまた、彼を傷つけることを言ってしまっただろうか。

「どうしました？　僕はまた……」

「いえ、その……」

気まずい沈黙が漂おうとしたその時であった。扉が、勢いよく開け放たれたのは。

「御機嫌よう！　本の隠者と、その召使い！」

鮮やかな青が舞い込んだ。レースをふんだんに使った華美な姿のマッドハッターが、嵐のように登場した。

「おっと。お邪魔だったかな。まあいい、俺に構わず続けたまえ」

ヴィジュアル系のマッドハッター、コバルトは、案内も待たずに手近な席に腰を下ろす。

「何をしに来たのですか？」

「おおっと。随分な挨拶だな、アモン。珈琲を飲みに来たに決まってるじゃないか！　丁度、茶葉を切らしていてね。この際、珈琲パーティーでもいいかと思ってさ」

「紅茶と珈琲では、フードペアリングが変わってくると思うのですが……」

亜門は眉間を揉む。

「細かいことはいいんだよ。そんなことより、ツカサのことは解決したようだね」

「僕の……？」

二人を見比べる。すると、亜門は珍しく慌てた。

「い、いいえ。何でもありません！」

「ほぉ？　まだツカサに言ってないのか？　仕方がないやつだな」

コバルトはニヤニヤと笑っている。一体、亜門は私に何を隠しているというのか。

「私のことはいいのです。それに、こんなこと、司君に言うわけには……」

「こんなことって……？」

亜門が、ずっと手を押さえているのが気になる。私が何かをしたというより、私に何かをしたいのだろうか。それは、亜門が躊躇うようなことなんだろうか。

亜門は温厚な紳士だが、悪魔と呼ばれる存在だ。もしかしたら、私を傷つけそうな何かを、必死に堪えているのかもしれない。そうは思えないし思いたくなかったけれど、彼が躊躇うのなら、そう思うしかなかった。

しかし、私は意を決する。私もまた、進まなくては。

「亜門。その、別に、僕は大丈夫ですよ？　えっと、命に関《かか》わることでなければ、どんなことでも耐えれますし」

それが、彼に対する友情を証明するものとなるのなら、どんな痛みも歯をくいしばって耐えよう。私は覚悟を決めて、亜門を見つめ返した。

「いい面構えじゃないか。ほら、アモン。本人の許可が出たぞ。やってしまえばいい」

コバルトは頬杖《ほおづえ》を突きながら言った。「……司君がそう言うなら」と、亜門は己の手の戒めを解く。

亜門の手が伸ばされる。私のものより、ずっと大きな手だ。

その手が私の頭上にかざされる。私は何があってもいいように、歯を食いしばる。そして次の瞬間、私の頭に、そっと手が載った。

ふわりという感触が伝わってくる。壊れ物に触れるような、恐る恐るといった手つきだが、優しく、慈しみすら感じた。

亜門の手が、私の頭をそっと撫でる。一瞬、何をしているのか分からなかった。目の前には、満足そうでいて罪悪を感じている、複雑な表情をしている亜門がいた。亜門が望んでいた行為は、既になされている。亜門のしたかったこととは、これのことなんだろうか。

「その……、なぜ僕は撫でられているんでしょう……？」

「そ、それは……」

亜門が羞恥《しゅうち》に満ちた顔を逸らす。

「ツカサ、お前があんまりにも良い子だからついつい撫でたくなるんだとさ」

コバルトが代弁する。

「な、な、なんですか、それ！」

「申し訳御座いません……。成人男性であるあなたにこのような行為をしては、尊厳を傷つけるのではないかと思いましてな。ずっと、我慢していたというわけです……」

亜門の声は消え入りそうだ。

「しかし、あなたの誠実な態度は、時として私に衝動を呼び起こすのです。こう、雛鳥《ひなどり》を愛《め》でたくなるような感情に似たものが込み上げて来ましてな……。あなたはもう、巣立った者だというのに、こんな……」

「雛鳥……」

そう言えば、亜門の本質はフクロウだった。撫でられながら、そんなことを思い出す。

「……その、別にこれくらい、構いませんよ。そりゃあ、僕はもういい大人だし、恥ずかしいけど、このくらいのことで悩む亜門を見るのも辛いですし」

「司君……」

亜門の表情が感動に満ち満ちる。

「申し訳ございません。それでは、お言葉に甘えさせて頂きます。そして、時に、私の手から菓子を与えてもよろしいですかな？」

「そ、それは、流石に……」

画的に勘弁願いたい。亜門にとって雛鳥でも、やはり私はヒトの成体なのだ。プライドにかけて、許容出来ることと出来ないことがある。

「そうですか……。まあ、いいでしょう。これからは存分に撫でさせて貰いますぞ」

「存分に……」

亜門に撫でられるのは、嫌ではなかった。かつて子供であった時の懐かしい気持ちすら呼び起こしてくれるものであったが、やはり、私のプライドが悲鳴をあげている。

「ツカサは父性をくすぐるタイプだからなぁ」

「適当なこと言わないでください、コバルトさん」

彼の前で、我々は完全に見世物になっていた。

「さてと。問題も解決したことだし、珈琲パーティーと行こうか。アモン、俺はブレンドコーヒーのシュガー二杯分で」

「はいはい。司君、コバルト殿のカップを。あと、我々のものも用意してください」

「ああ……。珈琲パーティーって、ここでやるんですか……」

撫でられて乱れた髪を整え、カウンターの奥へと向かう。

それにしても、亜門が私に抱いていた感情は、ささやかなものであった。出来ることならば、妙なところで遠慮がちな彼がそんな相談を気軽に出来るような、そんな仲になりたい。

雛鳥のようということは、私はまだ、彼に並べていないのだ。いずれ、彼から肩を並べて貰う必要が無いくらい、成長したいものである。

後日、一条氏から生まれた電子書籍のロックが、いつの間にか消えていた。

彼の本の中身を見た我々は、思わず目を丸くした。

そこに記されていたのは、彼の人生などではなく、部下一人一人の長所であった。彼が見つけた褒めたいことが、事細かに記されていた。

「……部下こそが、彼の宝であり、誇りであり、人生なのかもしれませんな」

亜門がぽつりと言う。

「そうですね。だからこそ、あんなに悩んでて……」

「しかし、もう、大丈夫そうでしたからな」

亜門は微笑む。電子書籍にタイトルはない。一条氏の物語は、始まったばかりだった。

彼は部下とともに、更なる高みを目指す。夜空を覆う雲の、その先を目指すために。

幕間　公共の場の珈琲

その日、私はえらく悩んでいた。

「何かお困りごとですかな?」

店の奥から店主たる亜門の声がかかる。

今は〝止まり木〟の休憩時間中だ。私は彼が淹《い》れてくれた珈琲《コーヒー》を飲みながら、頭を抱えていたのである。

「あなたと三谷のことで悩んでて……」

亜門は、セッティングをしてくれれば付き合ってくれると言ってくれた。しかし、肝心のセッティングが出来ない。

「二人が会うのにいい場所ってありますかね。って、本人に聞くのもなんですけど」

黒い革のソファでくつろいでいた亜門は、「ふむ」と顎《あご》に手を当てる。

「〝山の上ホテル〟の喫茶店はどうですかな?」

「ああ。以前、あなたと行ったところですね。僕もそれは考えたんですけど、もうちょっと気軽なところだといいかなぁと思って」

山の上ホテルは、少しばかり緊張する。生粋の貴族たる亜門はともかく、私も三谷も庶民の中の庶民だ。あまり気を遣わないところがいい。

「新刊書店の近くにも喫茶店はあるんですけど、男三人で席を占拠するのもなんだかなぁと思ったんですよね」

「司君も来られるのですか？」

「えっ？　行っちゃまずかったですか？」

心臓がギュッと縮まる。嫌な汗を噴き出す私に、「いえいえ」と亜門は首を横に振った。

「むしろ、歓迎しますぞ。人数は多い方が楽しいですし、何より、あなたが同席してくださることは喜ばしいですからな」

「そう言って頂けるとホッとします。お邪魔虫だったらどうしようかと……」

「司君は、もう少しご自分に自信を持った方が良さそうですなぁ」

亜門は暗に後ろ向きだと指摘しながら、心配そうに私を見た。

「す、すいません。努力はしているんですけど、どうも、染み付いてしまった性分らしくて」

「まあ、三つ子の魂百までと言いますからな。仕方がないのかもしれません。しかし、意識して変えていけば、いずれはもう少し図太くなれましょう」

「亜門、〝図太い〟は褒め言葉じゃないです……」

そう言いながら、珈琲を一口含む。淹れてから少しばかり時間が経《た》ったホットコーヒーは、息を吹きかけずに飲めるほどの適温になっていた。

口の中に広がった珈琲の香りが、痛ませていた頭を癒《いや》してくれるようだ。緊張もすっかりほぐれ、ほっと息を吐く。

「しかし、山の上ホテルよりも気軽に行けて、周辺の喫茶店よりも広いところをお探しですか」

「ええ。インターネットで探してみたんですけど、僕の探し方が下手で」

「では、〝学士会館〟などはどうですかな？」

「学士会館？」

「神保町駅から皇居方面へ向かう途中にある施設でしてな。あそこであれば、広くもあり近くもあり、司君の条件にあてはまると思うのですが」

「でも、何だか敷居が高そう……。学士とか言ってるじゃないですか。大学関係の施設なんじゃないですか？」

「その通りです」

「その通りです、って」

曰《いわ》く、学士会館とは、旧帝国大学の出身者が集える場所として、設立されたものらしい。

旧帝国大学とは、現在の国立七大学――北海道大学、東北大学、東京大学、名古屋大学、京都大学、大阪大学、九州大学を指す。

「国立七大学……」

「どうなさいました？　目が虚《うつ》ろですぞ」

「僕ら、日東駒専ですけど、つまみ出されたりしませんかね……？」

「その、ニットウコマセンが何を指すか分かりませんが、一般に開かれた場所ですからな。レストランや宿泊施設もあり、気軽に立ち寄れる場所ですぞ」

亜門の辞書には、学歴コンプレックスという言葉は存在していない。不思議そうに私を見る彼にもやもやとした気持ちを覚えながらも、三谷には学士会館で集まる旨をメールしたのであった。


「俺ら、日東駒専だけど、つまみ出されたりしないかな」

重厚な建物を前に、三谷は私と全く同じことをぼやいた。

スクラッチタイル張りのどっしりとした建物は、まるで、厳《いか》つい老兵のようだった。何があっても微動だにしない。そう思わせるだけの説得力が全身から溢《あふ》れていた。

その建物の前には、なぜか野球ボールを握る手のモニュメントが鎮座している。亜門が言うには、日本で初めて野球が伝わった場所であるらしい。野球好きの聖地だったりもするのだろうか。

「三谷君、本日はご足労頂き、感謝を申し上げます」

　亜門が深々と頭を下げる。

「ちょ、や、やめてくださいよ、亜門さん！　むしろ、俺の方こそ、無理を言っちゃいましてすいません」

　三谷もまた、慌てて頭を下げた。

「私はゆっくりと話をしたかったので良いのです。あなたとは、いつも立ち話でしたからな」

「そう思って頂けてるなら光栄です！　俺も、まさかあのアモン侯爵と同席出来るなんて！」

　三谷の目に光が宿る。亜門は、複雑な表情で笑った。

「爵位はもう無意味なものです。後ほど詳しく話しますが、私はあちらには戻れませんからな。まあ、ここで立ち話をしていてもしょうがない。参りましょうか」

　先導をすっかり亜門に任せつつ、学士会館に足を踏み入れる。

　足の裏を包み込むような赤い絨毯《じゅうたん》が私達を迎え、広い回廊が我々を導こうとする。知的で厳かな空気に圧倒されてしまう。

「流石《さすが》は、国立七大学……」

「俺達の大学じゃあ、これは無理だよな……。卒業生の人数はやたらと多いから、全員で少しずつ募金をすれば金は集まりそうだけど」

何を作るかはセンスが試される。そう言って、三谷と私は頷《うなず》いた。

亜門が目指した喫茶店は、一階の奥にあった。

ふわりと珈琲の香りが鼻をかすめる。入口をくぐると、ノスタルジックな空間が我々を歓迎してくれた。

大きな窓の明るい店内に、格調高い椅子《いす》とテーブルが揃《そろ》っている。カウンターの向こうには、コーヒーマシンと、なぜかやたらとビアサーバーが目立つ。壁の棚に置かれているのも、酒瓶ばかりだ。

「こちらはビアパブも兼ねておりましてな。昼は珈琲、夜は麦酒《ビール》を飲みながら、皆で集まる場所なのでしょうな」

なるほど。テーブルを囲んでいる人々は、スーツ姿がほとんどだ。近所の人間がやってくるというよりも、仕事や集まりで遠方から来た人々の憩いの場所なのかもしれない。

私達は奥の席に案内される。亜門は珈琲とタルトのセットを注文し、私と三谷もそれに従った。

「ここは思索に耽《ふけ》るのにもいい場所ですからな。私も偶《たま》に、利用するのです」と亜門は言った。

「ああ。だから勝手が分かってるんですね」と、三谷は納得する。

「三谷君は、いつもは何処《どこ》へ?」

「いやぁ。お恥ずかしながら、俺はあんまり喫茶店に行かないんですよね。珈琲一杯飲むお金があったら、本を買おうと思っちゃって」

「なるほど。それは一理ある。しかし、珈琲は読書に欠かせないものですからな。後で案内しますので、お時間のある時にでも当店にお越し下さい。三谷君でしたら、お勧めの本を一冊教えてくれるごとに、一杯サービス致しましょう」

「マジで⁉　毎日通います！」

即答だった。

「来るのはいいけど、話や本に夢中になって、閉店時間を逃すなよ。うちは亜門がいてくれる限りやってるけど、お前の店はそうじゃないんだから。あんまり遅くに出ると、警備員に怒られるんじゃないか？」

私が釘《くぎ》をさすと、三谷はハッとしたようにこちらを見た。

「忠告ありがとう。それ、失念確定事項だったわ」

「僕も、せいぜい終電までしか付き合えないからな……」

「むしろ、終電前に外に引きずり出して欲しいわ。終電無くなっちゃったね、って亜門さんに言うわけにもいかないし」

恋人に向けるならともかく、そうでなければなかなかに寒々しい台詞《せりふ》だ。

「私は構わないのですが、三谷君は翌日の業務に支障がでそうですからなぁ」と亜門はしみじみとしていた。

「それにしても」と私は話題を切り替える。

「どうして珈琲は読書につきものなんですか?」

「珈琲は眠気を覚ますものですからな。また、香りにはリラックス効果があるという話も御座います。リラックスしつつも目を覚ます。これが正に、理想的な読書の姿勢と言えましょう」

「なるほど……」と三谷も納得顔だ。

「こういう、人が集まる場所に必ずと言っていいほど珈琲があるのも、リラックスさせるためなんです?」

「それもあるかもしれませんが、珈琲とは、昔から人と人を繋ぐ飲み物でしたからな」

「人と人を」

「繋ぐ?」

私と三谷は、疑問符を浮かべる。

そうしているうちに、珈琲とタルトが運ばれて来た。タルトは小ぶりではあるが、中にごろごろと果実の入ったものだった。

珈琲がゆるりと白い湯気を吐き出す中、亜門は語り出した。

「十七世紀半ばのイギリスに、コーヒー・ハウスというものが出来ましてな。それまでは、宮廷に献上したり、お上が公費で提供したりするものばかりでしたが、市民が市民のために公に珈琲を売り出したのです」

そこで、人々は珈琲を飲むために集まった。

その頃は、新聞や郵便も碌《ろく》なものがなかった。しかし、人々が集まるということは、それだけ情報も集まるということである。コーヒー・ハウスに新聞を作りにやってきたり、コーヒー・ハウスで郵便物を集めて配達をしたりしていた。その後も、コーヒー・ハウスには、様々な人間が続々とやって来た。株取引をしたり、貿易関係の事務所代わりにしたり、とにかく、情報が欲しい人間はコーヒー・ハウスに集ったのである。

「ただ、コーヒー・ハウスが政治的にも大きなものとなってしまい、政府との間で摩擦が生じたこともありましてな。まあ、お喋《しゃべ》りの場では政府への不満も出ます。その中では、頷けるものもありましたし、過度なものもありました。今は、そういった政治的な集いは、コーヒー・ハウスというよりは、インターネットで行うのでしょうが」

そこまで言うと、亜門はカップを傾け、珈琲を口にする。

「ふむ。マシンとは言え、なかなか侮れませんな。タルトの味を上手《うま》く引き立ててくれますぞ」

タルトを小さく切り分け、口に運んだ。三谷は、それをじっと見ている。

「おや、どうなさいました？」

「いえ……。何かこう、イメージと違うなと思いまして」

「イメージと？」

亜門の問いに、三谷は頷く。

「力がある魔神ですし、もっと、我々と違うと思ったんです。その、浮世離れをしているというか。でも、ちゃんと地に足がついていて――」

「残念でしたかな？」と問う亜門に、三谷は首を横に振った。

「その逆です！　人間を同じ目線で見てくれているのが、嬉《うれ》しくて！」

三谷は細い双眸《そうぼう》をめいっぱい開く。こんなに活《い》き活《い》きとしている彼を見たのは、初めてだった。

「ほう。そういうものですか。私としても、喜んで頂けるのは有難いことですが」

「そういうものです。憧《あこが》れていたアイドルが意外と庶民的で、自分がよく食べてるカップ麺《めん》なんかを食べてて、余計に身近に感じる。そういう感じです」

「アイドルというと偶像ですな。ふむ、三谷君は偶像崇拝派でしたか。モーセ殿は十戒で偶像の作成を禁じましたが、ご安心下さい。この亜門、本質さえ心に留《とど》めて頂ければ、偶像を作って頂く事もやぶさかではありませんぞ」

亜門は引き締まった表情で三谷に微笑《ほほえ》む。三谷はただ、うんうんと嬉しそうに頷いていた。

話が微妙に噛《か》み合っていない。三谷が指すアイドルは芸能人のことだろうが、亜門が指すアイドルは恐らく、仏像やらなにやらのことだ。そして多分、カップ麺が何なのかは亜門はよく分かっていない。

「まあ、いいか……」

二人とも楽しそうだし。

その後、亜門から聞いたのだが、コーヒー・ハウスがカフェになった頃、カフェを開くお金が無い人達は、珈琲ポットを手にして行商を行ったのだという。焼き芋のトラックのように、声を張り上げて珈琲を売り歩いたそうだ。

しかし、それは定着しなかった。やはり、珈琲は、人の繋がりがある公共の場で飲んでこそなんだろう。

誰かとお喋りをしながら飲む珈琲は、格別に美味しい。亜門と三谷、魔神と人とのお喋りを眺めながら、私は切り分けたタルトをそっと口に運んだのであった。

第二話　ツカサ・イン・ワンダーガーデン

その日、亜門は〝止まり木〟の奥で作業をしていた。

「少々、蔵書の整理をしてきます」と言ったきり、三時間も戻って来ない。恐らく、途中で本に夢中になってしまったのだろう。

掃除が終われば、亜門があらかじめジャンル別にしてくれていた古書を、対応している棚に差していく。ただ、偶《たま》にジャンルなど関係なく、背表紙を並べた時の美しさで分けられていたりするので、厳密にはジャンル別ではない。亜門流の並べ方だ。

「まあ、確かに綺麗《きれい》なんだよな……」

亜門の蔵書は、大きさも言語もまちまちだ。しかし、彼が「こう並べましょう」と決めた通りに陳列すると、統一感と芸術的な美しさを持った集合体となるのだ。

私がやったのでは、そうはならない。

「亜門は、本当に本が好きなんだな……」

今も奥にある書庫とやらで、読書に没頭しているんだろうか。本の中の物語に浸り、至福の時間を過ごしているんだろうか。

「本の中の物語……か」

本を読んでいると、自分もこんな体験が出来たらいいのに、と思う。

ジュール・ヴェルヌの〝地底旅行〟では、自分も海のような地底湖で航海をしたいと思ったし、宮沢賢治の〝銀河鉄道の夜〟では、あの不思議な列車に乗って、数々の幻想を目にしたいと思っていた。

亜門は、人が歩んできた軌跡を本にする魔法が使える。では、本の中に入れる魔法なんかも存在するのではないだろうか。

まあ、それが使えるのなら、本人が真っ先に使っているだろうが。

どさっ、と何かが落ちる音がする。振り向いてみると、床に本が落ちていた。棚にはぽっかりと空間がある。そこから落下してしまったのだろう。

大きくしっかりとした装丁の洋書だ。何の本かと思いきや、タイトルには見覚えがあった。

〝Alice's Adventures in Wonderland〟

「〝不思議の国のアリス〟……かな」

先日の〝夜間飛行〟のことを思い出す。この本もまた、何かを訴えるために落ちたのだろうか。

そっと拾い上げる。装丁のせいで、なかなかに重い。分厚いページを開くと、美しい色彩のイラストが現れた。

頭にリボンを付けた女の子が、穴の中を落下していくシーンだ。四方の壁は、一面、本棚や戸棚になっている。

物語の冒頭のシーンだった。少女アリスが、ウサギの穴に落下するところだ。

彼女の冒険はここから始まる。だが、その次のページを開こうとした瞬間、木の扉が勢いよく開いた。

「御機嫌よう！　本の隠者にその召使い！」

扉を吹き飛ばさんばかりの勢いでやって来たのは、鮮やかな青の髪をした美しい青年だった。レースをふんだんに使った華美な衣装を身にまとい、値札のついた大きなシルクハットを被《かぶ》っている。

さながらその帽子は、〝不思議の国のアリス〟に登場する、マッドハッターだ。

「……ん？　ツカサだけじゃないか。アモンはどうした？」

「こんにちは、コバルトさん。亜門なら今、奥で蔵書の整理をしてますよ」

「書庫で蔵書の整理⁉」

長い睫毛《まつげ》をした両目がひん剝《む》かれる。彼は大げさな仕草で、「ああ」と顔を覆った。

「ダメだ。少なくとも半日は出て来ないぞ……！　ツカサも、なんで引き止めなかったんだ。アモンが巣の奥に引きこもったら長いことくらい、知ってただろう⁉」

「知ってましたけど、特に止める理由が無いですし……」

「俺がこんなに困っているのに！　薄情もの！」

「困ってたんですか……」

初耳だし、そもそも、彼が訪問することすら知らない。しかし、彼が恐ろしくマイペースなのは今始まったことではないので、騒がず焦らず、相手に話を合わせつつ受け流すようにする。

亜門はそうやって、コバルトと付き合っている。

彼はこう言っていた。

「コバルト殿の言うことは、七割を聞き流し、あとの三割を聞いて差し上げなさい。それで彼は満足するでしょう。元々、彼もすべて本気で言っているわけではないし、しばらくしたら忘れてしまいますから」と。

まあ、私にその三割を見極められるかどうか、疑問だが。

「相談事があるなら、亜門を呼んで来ましょうか？」

「いいや、結構！」

コバルトはぴしゃりと言った。

「本に没頭したアモンは、終末のトランペットだって聞こえないぞ！　言っておくが、本を取り上げるのは以《もっ》ての外だからな！」

「……やったことがあるんですか？」

「ある」

コバルトは声を潜める。大きなシルクハットで顔を隠しながら、震える声でこう言った。

「……正直言って、怖かった」

「……亜門、怒ると怖そうですよね」

私も気をつけなくては。

「ツカサが死にそうになったら本を投げ捨てて出て来てくれそうなものだが、死にそうにするのも気が引けるしな」

「さらりと怖いことを言わないでください……！」

「なぁに、そんな野蛮なことはしないさ。俺は君を気に入っているんだぞ？」

「はぁ、ありがとうございます……」

気に入ってくれるのは純粋に有難いけれど、どう気に入られているやら。

「因《ちな》みに、困りごとって何なんですか？」

「ああ、よくぞ聞いてくれた！」

コバルトは両手を広げる。

「実は、お茶会をするのに空席があるんだ！」

「空席？」

「そうとも！」

一歩踏み出される。思わず、一歩半下がってしまう。

「ゲストが一人来ないんだ！　これは由々しき事態だと思わないか⁉」

「招待客がいるのに、その人がいない。それは確かに、心配ですよね」

「そうだろう⁉」

更に一歩踏み出される。思わず、二歩下がってしまう。

「ウサギの穴にはまっているかもしれないし、身体が大きくなったまま、ウサギの家から出られなくなっているのかもしれない！」

「ああ……」

思わず抱いてしまった〝不思議の国のアリス〟を見やる。思い出したのは、アリスがウサギの穴に落ちているシーンだった。

なるほど。さすがは、〝不思議の国のアリス〟のマッドハッターのような風体の人物。それを連想させる喩《たと》えだ。

「――だから、ゲストを迎えに行こうと思ってね」とコバルト。

「そうですね。そうしてあげると、相手も安心するかも」

「その通り！」

今度は二歩踏み出された。思わず下がろうとして、踵《かかと》が壁にぶつかる。いつの間にか、追い詰められていた。

「とにかく、それには人手が必要だ！　そう思わないか⁉」

バァンと耳元で音が響いた。コバルトの両手が私を閉じ込める。

妖《あや》しいまでに整った美貌《びぼう》が、無邪気な表情で接近する。紅茶と菓子の、甘い香りが鼻先をかすめた。

「ちょ、コバルトさん……。近い……！」

「そうだ。いいことを思いついたぞ！　ツカサ、君を借りよう！」

「ええっ⁉」

思わず顔を上げてしまう。その瞬間、ゴッという音とともに、額がシルクハットのつばとぶつかった。

「痛っ！」

「ぐあああっ！」

二人して額を押さえてうずくまる。一体、私は何をやっているんだ……。

「まったく。嬉《うれ》しいからってはしゃぐな！　ほら、行くぞ！」

「どうしてそうなるんです⁉」

あっという間に腕を摑《つか》まれ、強引に引きずられていく。もう、どうにでもなるといい。

「……因みに、何処《どこ》に連れて行くつもりなんです？」

「当然、俺の庭さ」

亜門は店を〝巣〟と言っていた。コバルトの正体は分からないが、庭というのも何かの喩えかもしれない。

「一体、どこから……」

「入口なら、そこにある」

コバルトが指した先は、〝止まり木〟の出口だった。

「そこ、店の出口じゃ……」

「甘いな、ツカサ」と彼は笑った。

「出口は入口。表は裏。さあ、我が〝庭園〟に招待しよう！」

コバルトは高らかに叫ぶ。開いた扉から差し込んだ光は、新刊書店のそれとはまったく違ったものであった。


まず目に入ったのは、彼の髪と同じく、鮮やかな青だった。

甘く妖艶《ようえん》な花の香りが漂っている。鮮やかな色の正体は、青薔薇《あおばら》だった。青い薔薇のアーチが、我々を歓迎してくれていた。

「あ、あれ……？　ここは……？」

「ようこそ、我が庭園へ！　どうだい、美しいだろう？」

コバルトは誇らしげに、薔薇の庭園を指し示す。アーチは何処までも続いていて、先が見えない。足元には煉瓦《れんが》が敷き詰められていたが、それも青く塗られていた。

「た、確かに……綺麗だと思います。でも、〝止まり木〟は確か、新刊書店に繋《つな》がってましたよね……？」

「扉は一つとは限らないのさ」

「普通に、いつもの扉から出たと思うんですけど……。もしかして、これも魔法なんですか？」

「ま、そういうことさ」

コバルトはシルクハットのつばを軽く持ち上げる。

「案内をつけようか」

彼が虚空をなぞると、ぱっと蝶々《ちようちよう》が現れた。黒い縁取りの、瑠璃《るり》色の翅《はね》をした美しい蝶だ。宝石みたいにキラキラと輝きながら、私達の目の前を舞う。

「わ、すごい……」

「触ってもいいぞ。噛《か》みついたりはしないさ」

「それじゃあ、お言葉に甘えて……」

蝶々の身体に、そっと触れてみる。すると、思いのほか、ひんやりとして固く、冷たかった。りぃぃぃんと鈴のような音を響かせながら、蝶々は私達を先導するように、アーチの先へと飛び始める。

「あ、えっと……、あの蝶って……」

「どうだった？」とコバルトはニヤニヤと笑っている。

「石っぽい感触でした……。あの蝶、鉱物か何かで出来てるんですか？」

「ご名答！　先日、いいラピスラズリが手に入ったんだ。それをもとに作ったのさ」

「へぇ、見事なものですね……」

「だろう？　アモンにも見せたかったんだがね。まあ、次の機会にするさ」

コバルトは肩をすくめてみせる。

「さて。正解の褒美に、これをやろう！」

コバルトは手近な薔薇を手折って、私の頭に挿す。

「ちょ、ちょっと、これは……！」

「おいおい。外そうとしないでくれよ。ツカサは地味だし、少しくらい飾った方がいいと思うぞ」

「そりゃあ、あなたに比べたら地味ですけど……」

地味だという自覚はあった。そもそも、飾ろうという気も起きない。飾って様になるのは、亜門やコバルトのような美形だろう。

「ツカサも、磨けば光ると思うんだがなぁ」

「……な、なにを言ってるんです」

まじまじと見つめてくるコバルトの視線が痛い。

「肌も白いし」

「あまり外で活動しないから、焼けてなくて……」

「体も細いし」

「筋肉がつかなくて……」

「髪もサラサラだし」

「ワックスつけても、全然立たなくて……」

「顔立ちも繊細だし」

「どっちかというと女顔で……」

「ああ、もう！」とコバルトは眦《まなじり》を決する。

「褒めてやってるんだ！　少しは嬉しそうにしたらどうだ！」

「褒めてたんですか!?　人のコンプレックスを逐一指摘してるのかと思いましたよ！」

「コンプレックスだって!?　いいじゃないか。可愛《かわい》い服が似合いそうだし！」

かわいい。

「それ、褒め言葉じゃないと思うんですけど」

思わず声が震える。

「何言ってるんだ、ツカサ。君は、ひとが白と言えば黒と言うやつなのか!?」

コバルトは整った唇を子供みたいに尖《とが》らせる。どうやら、本気で褒めていたらしい。冷静になってみれば、彼の衣装はレースやフリルがやたらと使われているし、彼のトレードマークである帽子にもそれが及んでいる。しかも、薔薇や蝶々を好み、〝不思議の国のアリス〟をモチーフにした姿をしているということは、そういうことなんだろうか。

「コバルトさんって、もしかしたら、可愛いのが好きなんですか？」

「勿論《もちろん》」

案の定、彼は堂々と胸を張る。

「何せ、俺が可愛いからね」

「え、えええ……」

「何だ、その顔。何か不満でもあるっていうのか？」

「自分のことを『可愛い』って……。あなた、成人男性じゃないですか。普通は、可愛いなんて言いませんし、言って欲しいとも思いませんよ」

「普通!?　普通がなんだ！」

コバルトは憤慨した。

「そんなもの、自分に自信が無いやつ同士が固まって決めたつまらない基準じゃないか！　普通なんていうくだらない物差しで測られるのは、俺はごめんだね。――いいか、ツカサ。君の気持ちが聞きたいんだ。俺は可愛いか、可愛くないか。どっちだ！」

「え、えっと……」

コバルトに詰め寄られる。

彼は無茶苦茶だけど、言っていることは一理あるかもしれない。私もまた、自分に自信が無い人間だということを自覚していた。

私は己を恥ずかしく思いながら、彼を見つめ返す。

「衣装は可愛いと思いますけど、コバルトさん自体は、か、可愛くないと思います……」

私の意見に、コバルトは明らかに落胆した。「ちぇー」と唇を尖らせる。

「で、でも、綺麗だとは思います。ヴィジュアル系っていうか、妖艶っていうか。派手な衣装も着こなして、すごいと思います」

とっさにフォローをする。すると、彼の表情がぱっと輝いた。女心と秋の空は移り変わり易《やす》いとは言うけれど、そこに、彼の機嫌も加えたい。

「まあ、それならばいいか。見た目は重要なファクターだからな」

「コバルトさんって、外見にこだわりがあるタイプなんですね。まあ、分かってましたけど」

「勿論。見た目が気持ち悪かったり、怖かったりしたら、敬遠されるだろう？　まずは見た目だ。見た目からすべてが始まる」

うんうん。と一人で頷《うなず》かれる。妙に実感がこもっていた。

「だから、ツカサもその、なんだか地味で真面目《まじめ》そうで面白味がなさそうな外見をどうにかするといいんじゃないかと思ってね」

「……すごい。人が気にしていることを直球で言うなんて」

残念ながら、すべて図星なので辛《つら》い。

「大体、ツカサはどうなりたいんだ？　可愛くはなりたくないんだろう？」

ようやく歩き出しながら、コバルトは言った。

「うぅん。もう少し上背があって、筋肉もついていてがっしりとしていて、それでいて引き締まっていて無駄がなくて……」

流石《さすが》に似合わな過ぎるので、頭の青薔薇を取り外す。かといって、つけないのも気が引けたので、そっと胸のポケットに挿してみた。それを見守りながら、コバルトは「うんうん」と相槌《あいづち》を打ってくれる。

「目鼻立ちももう少しはっきりとして、男らしくも知的な顔つきで」

「うんうん」

「風格があって、フォーマルな服装が似合う、ダンディズムが漂う男になりたいですね」

「アモンじゃないか！」

「本当だ、亜門だ！」

コバルトに指摘されて気付いた。その特徴を組み立てれば、今、書庫で読書に没頭している人物にぴったり当てはまる。

「なるほど。ツカサはああいうタイプになりたいのか」

「否定はしかねますね……」

「そっか、アモンが憧《あこが》れかぁ……」

改めて他人の口から言われると恥ずかしい。私が、完全に無自覚であったから尚更《なおさら》だ。

「しかし、憧れもまた……だからな」

「えっ？」

一瞬だけ、コバルトの顔から笑みが消えた。聞き返すものの、彼は「なんでもない」と首を横に振る。

「まあ、二百年くらい生きれば、雰囲気くらいは近くなるかもしれないな」

「物凄《ものすご》く軽く言ってくれますけど、僕の寿命はそんなにないですからね？」

そんなやり取りをしているうちに、薔薇のアーチが終わる。まばゆい明かりが私の視界を白く塗り潰《つぶ》した。


瑠璃の蝶は光に溶けるようにして消えた。

開けた目の前には、大きなテーブルがあった。テーブルクロスは目が覚めるような白で、同じく白亜の椅子《いす》は、アールヌーヴォーを思わせるツタの装飾が成されていた。周囲は青薔薇の庭木で囲まれている。空もまた澄んだ色をしていて、美しかった。

テーブルの上には色とりどりのティーカップが置かれている。席が三つなのに対して、ティーカップは明らかに多かった。

「空席が三つ……」

「いいや、一つさ。ここは俺の席だからね」

コバルトが指し示したのは、いわゆる、お誕生日席だった。なるほど、彼が主催だから主役の席に座るということなんだろう。

「他には、三月《さんがつ》ウサギがいる」

「ウサギ？」

辺りを見回しても、どこにも見当たらない。誰も座っていない二つの席があるだけだ。

「ああ。テーブルが邪魔をして見えなかったか。ほら」

コバルトは椅子を引いてみせる。そこにいたのは、ウサギではなかった。

「ぱ、パイ……？」

そう、きつね色に焼けたパイだった。ふっくらとして美味《おい》しそうだ。

「この通り、三月ウサギはミートパイにしてね！」

「ひどい！」

「ひどくない。味は保証する。なぜなら、俺が作ったからね」

コバルトは自信満々だ。そういう意味ではないのに。

「まあ、このミートパイは後で食べるとして……」

「……はぁ」

僕はあまり食べたくないです。という言葉を呑《の》み込む。

つい持ってきてしまった〝不思議の国のアリス〟を開いた。ページをめくる手が、ティーパーティーのシーンで止まる。

アリスは、不思議の国を彷徨《さまよ》ううちに、おかしなティーパーティーに紛れ込んでしまう。そこには、帽子屋と三月ウサギと、眠りネズミがいたはずだ。

「そう言えば、眠りネズミもいるんですか？」

「勿論！」

コバルトはテーブルの隅にあったティーポットの蓋《ふた》を開ける。すると、中に毛の生えた生き物が丸まって眠っているではないか。

「これが、眠りネズミ……？」

身体を上下させて呼吸をしている。パイや燻製《くんせい》にはされていない。ホッとして見つめていると、ふと、毛玉と化したネズミがぐるりと寝返りを打った。蓋が開けられたのに気付いたのか、大きな瞳《ひとみ》をうっすらと覗《のぞ》かせる。小さな手でごしごしと擦《こす》る様が可愛らしい。

その可愛い生き物は、開口一番こう言った。

「蓋を開けてるんじゃねーよ。目が覚めちまうだろ」

声は低い中年男性のもの——いわゆる、おっさん声だった。

「可愛くない……！」

「あぁん？　なんだ、こいつ。新しいパイか？」

眠りネズミは可愛らしい顔をして、恐ろしいことを言う。パイにされてたまるか。

「ツカサだ。アモンの従者さ」

「従業員です……」と訂正する。眠りネズミは、「へぇ」と声をあげた。

「あの、隠居侯爵のねぇ！」

「知ってるんですか？」

「知ってるも何も、偶にこの庭に来るぜ！　いや、本当に立派なおひとだよ。なにせ、まともだし」

「まともだし……」

コバルトを見た。眠りネズミもつられて彼を見やる。

「アモンは他人に合わせるのが得意なんだ」

彼は不貞腐《ふてくさ》れたように言った。

「まあ、態度はまともだけど、考え方は変わっちゃいるな」

眠りネズミは自分の髭《ひげ》を引っ張りながら言う。

「人間に対するそれなんて、特にそうだ」

「それって……？」

「だって、あれだろ？　人間を対等に扱っちまってる。俺達はそれじゃいけないのにさ。何せ、俺達は、人間の――」

ぱちん、とティーポットの蓋を閉める音で、眠りネズミの話は終わらされた。

「無駄話をするなよ。お前は時間を潰す気か」

「潰すなんてとんでもない。時間君が可哀想《かわいそう》じゃねぇか。むしろ、潰してるのはお前なんじゃないか？　ウサギの肉みたいに、パイにしようとしてるんだ」

ティーポットの注ぎ口から、負けじと声がする。まるで、ティーポットが喋《しゃべ》っているみたいだ。

「ああ。潰すどころか、時間を喰《く》ってしまった。焼く前にだ！　こんなことをしてる場合じゃないのに！」

コバルトは懐中時計を取り出す。

「茶会が始まるまで、あと三十分しかない！　早く最後のゲストを探さないと！」

「俺に席をくれればいい」と眠りネズミ。

「お前の席はそこだろ。大体、終末まで寝ていたいって言うから、ティーポットを貸してやってるのに」

「俺の本来の身体でティーポットは小さ過ぎだな。おかげさまで、こんなに可愛いネズミにならなきゃいけなかったじゃねーか！」

「文句ばかり言うな！　あんまりにも煩《うるさ》いと、熱湯を流し込んでラットティーにするぞ」

「ひぃ、それだけはご勘弁を！」

眠りネズミはそれっきり、黙ってしまった。

「えげつない……」

「何か？」

「い、いや、なんでもないです」と慌てて首を横に振る。

「というか、三十分前なんですね。だから、ゲストが来ないのかもしれませんよ。五分前とか、時間ぎりぎりになって来るのかも」

「それはないね。招待状には一時間前に来るように書いてある」

ほら、とコバルトは招待状とやらを見せてくれる。見たことのない言語だったが、なぜか内容が頭に入って来た。これも、魔法がなせる業か。

「本当だ。一時間前になってますね……」

「だろう？」

「でも、一つ気になることを質問してもいいですか？」

「なんなりとするがいい」

「どうして、招待状が今、コバルトさんの手の中にあるんです？」

その言葉に、コバルトはハッとした。ティーポットの中から笑い声が聞こえる。蓋をカチャカチャと鳴らしながら、眠りネズミは爆笑をしていた。

「あーっはっはっは！　出し忘れだ！　招待状を出し忘れてやんの！」

「ああ、なんてことだ……。俺としたことが、ついうっかりしてた……！」

ついうっかり、というレベルではない。

テーブルに突っ伏すコバルトの肩を、そっと叩《たた》く。

「そ、その、そもそも招待状は届いてなかったんですし、道に迷ってるゲストはいなかったんですよ。ここは、ゲスト無しでお茶会をしたらどうですか？」

「いいや。ゲストは必要だ」

コバルトは顔を上げる。目が据わっていた。

「何としてでも、お茶会が始まる前に連れてこないといけない。空席があるお茶会なんて、とんでもない！」

「で、でも、ゲストに招待状が……」

「招待状が届いていないなら、今から届ければいい！」

「無茶苦茶だ！」

コバルトは招待状を私に押し付ける。嫌な予感がする。

「ツカサ、ゲストに招待状を渡してくれ」

「無理です！」

「やる前から決めつけるな！」

「第一、僕は誰に渡すか知らないんですよ!?　一体、誰宛《あて》なんですか！」

沈黙。コバルトは首を傾《かし》げた。

「誰に渡そうとしたんだっけか」

「絶対に無理です！」

宛先不明の招待状を、一体どうやって届けようというのか。

「やる前から無理だと決めるな、軟弱もの！」

「軟弱はあなたの頭でしょう！　その帽子の中は空洞ですか！」

「こいつ……、言わせておけば好き放題を……。もし空洞だったら、帽子を被らずに、頭を鉢にしてフラワーアレンジメントでもやるさ！　その方が可愛いからな！」

「そんなに可愛くしたいなら、猫耳でもつければいい！」

「馬鹿を言うな！　絶対に似合うけど、あざと過ぎるから品性が失われるんだよ！」

お互いに睨《にら》み合う。彼の正体が何であれ、ここは一歩も退きたくなかった。

「ははっ。従者も言うなぁ」と、眠りネズミがいつのまにか、ティーポットから顔を出している。

「兎《と》に角《かく》、僕は帰らせて頂きます。仕事がありますからね！」

ふん、と踵《きびす》を返し、私はパーティー会場を後にする。大股《おおまた》で青薔薇のアーチを往《ゆ》き、〝止まり木〟に繋がる扉の前へとやって来た。——はずだった。

しかし、扉はない。アーチの終点は、森だった。

「あ、あれ？　もしかして……」

コバルトの力が無ければ帰れないのだろうか。

途方に暮れる私だったが、いつの間にか、手に何かを持っていた。それを目にしてぞっとする。

手の中に収められていたのは、宛先の無い招待状だったのである。

いっそのこと、謝ってしまった方が早いだろうか。ゲストを呼ばずにお茶会を開くよう説得すれば、私もすんなり帰れるに違いない。

来た道を振り返る。すると、青薔薇のアーチはいつの間にか消えていた。木々が鬱蒼《うっそう》と茂る森の中に、私はぽつんと取り残されていたのである。

「……困ったな。これも魔法の力か」

眉間《みけん》を押さえる。

早まったものだ。確定ではないものの、コバルトは恐らく、亜門と同族だ。人間に寄り添って生きて来た亜門と接しているので忘れがちだが、本来は人間とは違う常識を持った相手だ。まともに相手をせず、出来るだけ穏便に済ませれば良かった。

当たり障りが無い言動。焦らず怒らず、受け流しつつ、嵐《あらし》が去るのを待てばいい。

「でも、それもなんかなぁ……」

それが正しいとも思えなかった。

私はこの年になるまで、ずっと当たり障りが無い生き方をしていたので、深い人間関係を築けないでいた。喧嘩《けんか》もしなければ、腹を割って話し合うこともない。三谷にだって、それほど自分を打ち明けたことが無いのだ。

それがきっと、空白の本を生み出す原因になったのだ。

「……うん」

道はすっかり無くなっていたけれど、お茶会の会場に戻るつもりで踵を返す。

取り敢《あ》えずは、謝ろう。ただしそれは、なあなあで済ませるためではない。

コバルトは違う世界に生きる相手だし、気まぐれで我儘《わがまま》で無邪気で扱い難《にく》そうだ。だから言って関《かか》わりを避けていたら、私は一生、前に進めないような気がする。

それに、私が知っているのは、彼のほんの一部である。だからこそ、彼を知りたい。今まで、ついつい、彼の正体を探らんとしていたけれど、そんなことより、彼自身を理解してみたい。

亜門がそうであったように、その素性よりもずっと大事なものがあるだろうから。

そう心に決めた時、近くの茂みがガサリと動いた。

「ああ、時間が無い。時間が無い。お茶会まで時間がない」

慌てふためく声が聞こえる。

白ウサギだろうか。手にした〝不思議の国のアリス〟を開く。すると、チョッキを着て時計を持った、二足歩行の白ウサギが描かれていた。この白ウサギを追いかけて、アリスは不思議の国へ落ちてしまうのだ。

そう思って白ウサギを待っていた私の前に現れたのは、ウサギではなかった。

白ウサギの後をついて行ってみよう。そしたら、事態が変わるかもしれない。

「パイだ‼」

きつね色のパイだった。ふっくらと焼き上がったパイが、懐中時計を上に載せて、ぴょこんぴょこんと跳ねているではないか！

「ああ、メアリ・アン！　そこにいたのか！　手袋を持ってきてくれ！」

「パイが喋ってる！」

そう、パイは喋っていた。何処に口があるのか分からなかったが、声を発していた。

「っていうか、メアリ・アンじゃないですし！　あなた、さっきはパーティー会場にいましたよね……？」

「いいや?」

パイは首を振る代わりに体を揺すった。

「でも、この焼き具合は明らかにさっきのパイですし!」

「馬鹿を言うな!　パーティー会場にいたなら、パーティー会場を目指すのはおかしいだろう!　全く以て、はちゃめちゃじゃないか!」

「ハチャメチャはむしろ、口もないのに喋っているあなたなのでは……」

いい加減、パイを相手に「あなた」と呼ぶ自分にも嫌気がさしてきた。

「お前が知っているのは、三月ウサドのパイだ」

「はぁ」

「そして私は、白ウサギのパイだ」

「この世界では、ウサギはパイにならないといけないという決まりでもあるんですか?」

眉間を揉《も》みながら問う。

「決まりなんてないさ。だが、みぃんな、肉を落とされて焼かれたら、パイになってしまう。それだけさ」

パイはあっけらかんと言った。シュールだ。

「まあ、三月ウサギだろうが白ウサギだろうが、どっちでもいいんですけどね……」

「良くない!　大いに良くない!」とパイが憤慨する。

「でも、二つとも同じような見た目だし。そもそも、見分けがつきませんし。まあ、喋る時点でどうかしてるとは思いますが……」

「見た目に惑わされるな。本質をとらえたまえ」

パイはもっともらしく言った。

「本質をとらえても、パイは喋らないような気がするんですけど……」

「それは、単なる一般論さ。喋るパイもいる」

いいや、いない。

「世間の評価に踊らされてはいけない。本質を見極めろ。そうでないと、真実は永遠につかめない」

「世間の評価……ねぇ」

「我らが主《あるじ》は、風評で頭を痛めておられる」

「主……？」

詳しく尋ねようとするものの、次の瞬間、パイがぴょーんと飛び上がった。

「ああ、いけない！　こんなことをしている場合じゃない！　手袋を取りに行かなくては！」

「あっ、待って！」

パイはピョンピョンと跳ねていく。あっという間に小さくなり、見えなくなってしまった。

それにしても、手袋なんてどうするつもりだろう。どう見ても、彼に手なんてなかったのに。

首を傾げつつ、私はパイが消えていった方へと歩いていく。

どこもかしこも草が生い茂り、足に絡むので歩き難い。しかし、土はふっくらとして柔らかく、足の裏は全く痛まなかった。

頭上では鳥の鳴き声が聞こえる。目の前を、大きな虫が飛んでいった。

よく見ると、熟れた果実をぶら下げた木々がちらほらと目に入った。手の届くところに、真っ赤なリンゴが下がっていた。ふわりと甘く優しい香りがする。大きな宝石のように輝いていて、思わず、手を伸ばしそうになる。

どうやら、肥沃《ひよく》な大地の上に、この不思議な庭園があるらしい。深呼吸をすれば、新鮮な空気が肺を満たしてくれる。

森林浴を楽しんでいると、やがて、木々が途切れる。いつの間にか、森の出口についていた。

目がくらむほどの眩《まぶ》しさを覚え、私は思わず手をかざす。

陽《ひ》の光かと思いきや、それは、景色が白く塗り潰されているためだった。

「うわぁ……」と思わず声をあげる。

開けた空の上からは、白い粉のようなものが降り注いでいた。雪だろうか。不思議と、寒くはない。

一歩踏み出すと、ふんわりとした感触が足の裏を包む。それでいて、少しばかり弾力があった。

「不思議な雪だな……」

白い景色の真ん中に大きなキノコが一本生えていた。ちょっとした木のような大きさだ。

〝不思議の国のアリス〟のページをめくってみる。すると、キノコの上で腕組みをする芋虫のイラストがあった。この芋虫が、途方に暮れるアリスに色んなアドバイスをしてくれるらしい。

もしかしたら、芋虫がいるかもしれない。ゲストのことが聞けるかもしれない。

そんな淡い期待を胸に、キノコの上を眺めた。

するとその時、「ねえ」と声を掛けられた。よく見ると、大きなキノコの傘の下に、雪だるまがいた。

「あなたは誰?」

声は雪だるまからだ。丸い胴体を三つくっつけた、のっぽの雪だるまだった。大らかな心を以てすれば、芋虫に見えなくもない。

「あなたは誰？」

もう一度尋ねられる。他に誰もいない。どう見ても、雪だるまが喋っているようにしか見えなかった。

パイが喋るのだから、雪だるまだって喋るだろう。私は己を納得させた。

「名取、司ですけど……」

「司じゃなくなったら、あなたは何になるのかな」

「どういうことですか？」

私の問いに、雪だるまは微動だにせずに言った。

「たとえば、わたしの身体が溶けてしまったら？」

「雪だるまじゃ、なくなりますね……。ただの雪になってしまうんじゃないかと思います」

「そう。あなたが名取司であることも、それくらい脆《もろ》いものなんだ。名取司じゃなくなったら、どうなるんだろう」

つぶらな瞳の雪だるまが、同じ質問をする。

「えっと……。名前が無くなったら、ってことですかね。ただの人間になるってことかな」

「惜しい。正解は、ばら肉だよ」

「物理的に違うものにしないでください⁉」

可愛らしい外見のくせに、発想がえぐい。この世界は、生き物となればみんな肉なんだろうか。

「違うものじゃない。あなたは今でも肉の塊だ。肉の塊の、名取司なんだ」

「……もう、肉ネタで弄《いじ》るのはやめてください」

それにこんがらがって来た。一体、この雪だるまは何が言いたいんだろう。それとも、言っていることに意味なんてないんだろうか。

「あなたはここで何をしているんだい？」

雪だるまは質問を変えてくれた。「パーティーのゲストを探してるんです」と答える。

「パーティー？」

「コバルトさんのお茶会で……。空席があるといけないから、招待したゲストを連れてこないといけない。けど、そもそも、招待状自体出してないし、呼ぼうとしたのも誰だか分からない。――そんな状況です」

改めてまとめると、ひどい。明らかにひどい。理不尽極まりない状況だった。

「しかも、多分、彼が納得するまで、僕は店に帰れないのではないかと思われます……」

「そりゃあ、大変だね」

雪だるまは素直に同情してくれた。

「でも大丈夫」

「何か、いい手段があるんですか？」

「ゲストが招待状を持って、パーティー会場に行けばいい」

「そのゲストが誰だかが分からないんですってば！」

得意顔に見える雪だるまに怒鳴る。

すると、雪だるまはこう言った。

「あなたは誰？」

ガックリと項垂《うなだ》れる。問答が最初に戻ってしまった。

「……すいません。お邪魔しました」

私はあきらめて、先へ往こうとする。すると、「ちょっと待ちなよ」と雪だるまが言った。

「はい？」

「その先をまっすぐ行くと、パーティー会場だよ」

「有難う御座います……。そもそも、ゲストが見つかってないですけど……」

「本質を見誤ったままだと、それが真実になる。本質を見抜けないでいると、真実が偽りのままだ。いいね」

「……はぁ」

去ろうとする私に、雪だるまは真面目に言った。ひとまず、「有難う御座います」とお礼を残し、その場を後にする。

「ここにいるひと達って、本当に変だな……。僕までおかしくなりそうだ……」

亜門が恋しい。

「司君、お困りごとですかな？」と現れてくれたら、どんなに心強いか。いっそのこと、彼がゲストだったら良かったのだ。しかし、それでは、私がここに居る限り、彼には永遠に招待状が渡せない。

たぶん、ここはコバルトが作り出した魔法の空間だ。亜門の〝止まり木〟と似た性質のものだ。だから、何らかの条件が整わないと、外界にいる者は侵入出来ない。恐らく、その逆も然《しか》りなのだ。

「うん？　外界……？」

何かが引っかかる。

雪だるまに言われたとおり、雪景色の先へ、先へと歩いていく。左右は先ほど見たような大きなキノコに囲まれていて、みんな、カサに雪をかぶっていた。

「あっ……」

キノコの道の先に、滝があった。

甘ったるい香りがする。滝の周りに、色とりどりの蝶々やミツバチが飛んでいた。みんな、あの瑠璃で出来た蝶々みたいに、陽の光を受けてキラキラと光っている。

ふらふらと滝つぼに歩み寄る。流れているのは、水ではなかった。

とろとろの、黄金色のそれをすくってみる。透き通るそれを、勇気を出して口にしてみた。すると、濃厚な甘みが口の中に広がっていき、あっという間に溶けていった。

「これは、蜜か……！」

蜂蜜かメープルシロップか、そのほかの何かかは分からない。とにかく、惚《ほ》れ惚《ぼ》れするほど甘くて、つい、一口め、三口めと口に含んでしまう。

「なんで、こんなところに蜜の滝が……」

白いものは相変わらず降り注いでいる。そう言えば、陽光が射《さ》しているのに、どうして雪が降っているんだろう。それに、冷たくないのは何故《なぜ》だろう。

空から落ちてくる雪を手に乗せてみる。すると、全く溶ける気配がなかった。

「もしかしたら、これって……」

そっと口に含む。

そこで、私は気付いてしまった。それは雪なんかではなく、チーズだったのだ。口当たりが非常になめらかで、口の中でとろりと溶けてしまう。

「そうか。あの雪だるまは、雪だるまなんかじゃなくて、チーズだるまだったのか……」

溶けたらチーズの塊になるわけだ。せっかくだから、本人が訂正をしてくれればよかったのに。

本質を見誤ったままだと、それが真実になる。

私はチーズを雪だと勘違いしていた。それが、私の真実になっていた。雪だるま……いや、チーズだるまは、そのことを言いたかったのではないだろうか。

「やあ、珍しい客だ」

頭上から声が聞こえた。

顔を上げると、木の上に猫が寝そべっていた。やけに大きな猫で、目がらんらんと光り、口が裂けんばかりにニヤニヤと笑っていた。

「……チシャ猫？」

〝不思議の国のアリス〟を開きながら問う。そのページには、正に同じ姿の猫が描いてあったのだ。この猫は、アリスに道案内をしてくれたはずだ。

「いかにも」とチシャ猫は笑う。

「よかった！　ようやくまともな相手に会えた！」

「まとも？　猫はこんなに笑わないぜ？」

「そんなの些細《ささい》なことさ！　パイのウサギやチーズだるまなんかを見てたら、笑う猫くらいまともに見えるよ！」

「ははあ、それは、あんたが狂ってる証拠だな」

チシャ猫はとんでもないことを言う。

「僕が狂ってるだって？」

「そうさ。この庭園にやってきて、すっかり常識ってもんが狂っちまった」

常識。なんだかその言葉が、妙にナンセンスに思えた。

「常識は……」

「うん？」

「常識は、大衆の意見だ。それが必ずしも、正しいわけじゃないと思う」

「へぇ、そいつは誰の意見だい？」

チシャ猫は大きな目を、更にひん剝く。

「僕の……意見だ。僕自身、常識や普通といった言葉に安心していた節がある。それを守っていれば、世間から弾《はじ》かれることはないって。でも、なんだかそれは、違う気がして」

「そうか、おめでとう！　あんたは完璧《かんぺき》に狂ったみたいだな！」

「狂うっていうのは、めでたいことじゃない気がする」

「いいや、めでたいさ。型にハマらず狂ってこそ、新しい世界が生まれるってもんだ」

「新しい、世界……」

私の中にも生まれたんだろうか。胸に手を当ててるが、よく分からない。

「それはそうと、聞きたいことがあるんだ」

チシャ猫に事の次第を話す。彼は始終、ニヤニヤと笑っていた。

「ふぅん。つまり、あんたは元居た場所に帰りたいわけだ」

「そう。最終的にはね」

「ここにずっといればいいのにな。ここは、〝約束の地〟なんだから」

「約束の地?」

「〝乳と蜜の流れる場所〟だ。かつて奪われた豊かな土地。豊饒《ほうじょう》の大地さ」

チシャ猫は誇らしげに言った。蜜の流れる滝を見つめる。そして、降り注ぐ白いチーズを手ですくってみる。

「まあ、確かに、乳……というか、乳製品と蜜が流れてるけど」

「それでも帰りたいというのならば、あんたは自分の軌跡を思い出すといい。誰と、どんなふうに関わった?」

「うーん」

白ウサギのパイと出会い、キノコの下のチーズだるまに不思議な知恵を授けられ、チシャ猫に道を聞いている。

「その軌跡に心当たりはないか? そいつは、マッドハッターのティーパーティーで、どんな役割だった?」

抱えていた〝不思議の国のアリス〟を見やる。

アリスは、白ウサギを追い、芋虫からアドバイスを貰《もら》い、チシャ猫に道を教えて貰った。

そして、帽子屋のお茶会に飛び入り参加するのである。

「あ、もしかして……！」

本質を見抜けないでいると、真実が偽りのまま。という言葉を思い出す。私は、何らかの本質を見抜けないでいた。それは何か。

チーズだるまに、私が何者かを聞かれたことを思い出す。私が私自身を理解していないということだったのだろう。

「僕は、名取司。〝止まり木〟のアルバイト。社会人。男。人間。――そして、外から来たもの。異世界の住民……」

すなわち、アリス。

知らず知らずのうちに、〝不思議の国のアリス〟における、アリスの役割をしていたらしい。

コバルトのパーティー会場を思い出す。あの会場には空席が一つ。メンバーは、帽子屋とウサギとネズミが揃《そろ》っている。あと一人が足りない。物語の中で、最後のメンバーは誰だっただろうか。

「そうか。アリスだ……！」

アリスを含めた四人で、おかしなお茶会を始めるのだ。

「あ、あれ？　つまり、ゲストって、僕……？」

「自分が何者か分かったじゃないか。それじゃあ、またな」

チシャ猫はすーっと消える。しかし、背中があった位置に何かが残った。ファスナーだ。

チシャ猫の背中には、ファスナーがついていたのだ。

やはり、この相手もへんてこだった。

「そうそう。招待状を見た方がいいぜ」

そう言い残して、チシャ猫は今度こそ失せる。

言われたとおり、手にしていた招待状を見返す。

すると、空白だったところに、〝親愛なるアモンの従者のツカサへ〟という文字が浮かび上がったではないか。

「おかえり、ツカサ！」

コバルトの声だ。招待状がぱっと青い薔薇の花びらになって消える。

気付いた時には、蜜の滝もチーズの雪も、宝石の虫達も消えていた。青薔薇の庭木が周囲を囲み、大きなテーブルが目の前に鎮座している。

「時間に間に合ってよかった！　さあ、ティーパーティーを始めよう！」

主催席に座ったコバルトが、手を広げて待っていた。

ぱちんと指を弾くと、テーブルに次々と食べ物が現れた。ビスケットにスコーン、バナナブレッドにパンケーキ、プディングなんかもある。たっぷりと紅茶が注がれたティーカップも、空席の前に現れた。

「さあ。ゲスト席はそこだ。座りたまえ、アリス」

「ア、アリス……」

「なんで嫌な顔をするんだ。俺の茶会に参加できないって言うのか？」

コバルトは露骨に顔をしかめる。

「い、いいえ！　そうじゃなくて、成人男性がアリスっていうのが、ちょっと」

「つべこべ言うな！　この庭園における君の本質はそれだ！」

「異世界から来た者ってことなんでしょうけど、アリスは女の子ですし……」

「じゃあ、もう、女の子になるしかないな」

「なるしかないな、じゃないですよ⁉」

女装でもさせられるんだろうか。それとも、魔法で本物の女の子にされてしまうんだろうか。どっちにしても困る。大いに困る。

「もう、いいや……。そんなことより、結局、招待状は僕宛で良かったんですか？」

「ああ」と主催席でふんぞり返りながら、コバルトは頷いた。

「僕にわざとゲストを探しに行かせて、謎《なぞ》かけをしたってことなんですね……？」

無茶苦茶だったけど、粋な計らいと言えば、そうかもしれない。しかし、コバルトは首を横に振った。

「いいや。本当に、誰に渡そうとしたのかを忘れていたんだ」

「え、ええー……」

「そんな顔をするな。いいじゃないか。思い出したんだから」

「思い出したんじゃなくて、チシャ猫のヒントを元に、僕が突き止めただけですから」

頭が痛い。

「それに、あの宛名……」

「宛名がどうしたんだ？」

「従者っていうの、やめてくださいよ。僕、従業員なんですから」

「似たようなものじゃないか」

「ニュアンスが結構違うと思うんですけど……」

「細かいことはいいんだよ！」

コバルトはふん、と鼻息を荒くする。

「従者とか従業員とか、ややこしいったらありゃしない。他に何かないのか!?　ほら、アモンの――」

どうしても、亜門が必要なんだろうか。私は少しの逡巡《しゅんじゅん》のあと、躊躇《ためら》いながらこう言った。

「友人……とか」

自分で言うのは気恥ずかしい。

しかし、私は彼を友達だと思っていたし、友達として、彼が秘めてしまっているものに踏み込みたいとも思っていた。それに、彼自身も認めてくれていたはずだ。なにも、おかしいことはない。

しかし、コバルトは「却下」と突っぱねた。

「認めないね。その関係は認めない」

「ど、どうしてですか。そりゃあ、亜門と僕じゃ不釣り合いですけど……」

「俺は、そんなことを言っているんじゃない」

コバルトはぴしゃりと言った。

「相応《ふさわ》しいか相応しくないかはどうでもいい。そんなことより、ツカサが友人を豪語しているのが許せない」

「ゆ、許せない……⁉」

「そうさ。何故なら、ツカサよりもずっと昔から、俺がアモンの友達だったからな！」

どーんと、胸を張るコバルト。テーブルの上のティーポットから、「ぶふっ」という噴き出したような声が聞こえた。

「え、え……？」

「俺の方がずっと前から、友達だった」

コバルトは二度言った。睫毛の長い双眸《そうぼう》を見開き、彼は大真面目な顔をしていた。

「ふっ、ははは、あーっはっは！」

ティーポットの蓋が外れ、眠りネズミが飛び出す。彼はお腹《なか》を抱え、テーブルの上をごろごろと転がっていた。

「何を言い出すかと思えば！　コバルト、お前、本当に楽しいなぁ！」

「うるさい、このっ」とコバルトはネズミをつつこうとする。しかし、ネズミはひょいひょいと巧みに避けた。

「そ、その、コバルトさん。友達はオンリーワンの存在じゃないから、何人いても大丈夫だと思いますけど」

「でも、なんかムカつく」

子供か。

「第一、ぽっと出に分かったような顔をされるのが、気に食わないんだよ」

コバルトは手近な皿に手を伸ばす。載っていたのはバナナブレッドだった。彼は虚空からナイフを取り出すと、綺麗に切り分ける。

「僕、そんな顔してましたかね」

「していたね」

「……すいません。そういうつもりはなかったんですけど、気分を害してしまったみたいで」

私が謝ると、コバルトはバツが悪そうな顔をする。空いた皿にバナナブレッドを一切れ載せ、フォークを添える。

「まあ、そういうつもりが無いなら、構わないけど」

コバルトは、そのバナナブレッドを私に寄越《よこ》してくれる。両手で、有難く受け取った。

「亜門のこと、まだ、分からないことはたくさんあります。そして、僕自身も明かしていないことがあります。それらを少しずつ無くすために、歩み寄っていきたいな、と。その辺を含めて、友人同士だと思う――ううん。友人同士でいたいと思うんです」

「歩み寄ることを約束したもの同士ってことか。結婚を前提にしたお付き合い、みたいなものかな」

「その喩えはどうかと思いますけど……！」

でも、なんとなくニュアンスが伝わったようだ。コバルトは大皿に載ったビスケットを小皿に移しながら、納得したように頷いていた。

「あ、あと、コバルトさんのことも。知りたいと思ってます」

「俺のことも？」

「その、コバルトさんは迷惑かもしれませんけど、僕は、仲良くなれたら、いいなっていうか……」

声が消え入りそうになる。それでも、何とか自分を奮い立たせて言い終えた。

「まあ、迷惑ってわけじゃないけどね」

素っ気なく答えながらも、ビスケットを小皿によそう手が、明らかに速くなっていた。

「コバルトさん、こぼれる、こぼれますって！」

「おっと、失礼」

落ちそうだったビスケットを積み直し、小皿にビスケットの山を築き上げる。こんもりと盛られたそれを、私の席へと寄越してくれた。ふんわりと香るのはシナモンだ。シナモンビスケットらしい。

「多い……」

「受け取るがいい。俺の気持ちだ」

コバルトはふんぞり返る。

「コバルトのやつ、喜んでるんだよ」とネズミが教えてくれた。

「お前はいちいちうるさいなぁ」

コバルトは不貞腐れるように言った。

「気持ちは素直に伝えてやれよ。この人間、卑屈っぽいやつみたいだしさ。ストレートに言わないと通じないって！」

「卑屈……」

ネズミの言葉が、さり気なく私をえぐる。

「それはともかく」とコバルトは咳払《せきばら》いをした。

「ツカサ、理解しようとしてくれる君の気持ちは嬉しい」

コバルトはスコーンに手を伸ばす。焼きたてなのか、ほこほこと湯気が立っていた。

「だが、友人というのは好ましくない」

「……どうしてです？」

「我々の立場上、好ましくない。我らは、隣人ではない」

「……やっぱり、コバルトさんも亜門と同じで、悪魔なんですか？」

スコーンを割ろうとする手が止まった。ネズミも、はっと私の方を見る。言ってはいけないことだったんだろうか。

「世間の評価に踊らされてはいけない。本質を見極めろ。そうでないと、真実は永遠につかめない」

白ウサギのミートパイの言葉だ。

コバルトの顔から、親しみのある表情が消えていた。ただ固く、冷たく、精巧な石像のように見える。心を閉ざし、魂を見せまいとする顔だ。

「俺が言えるのは、それだけだね」

「……すいません」

「なんで謝るんだ」

「いえ。無知なのが恥ずかしくて。それに、事情を話すに値しない存在なのが、悔しくて」

「……君が話すのに値しないわけじゃない」

コバルトは作業を再開する。スコーンを割り、そこに真っ赤なジャムをたっぷりと塗る。

「これは、我々の問題でね。しかも、どうも人間に話すのには都合がよくないものなのさ」

テーブルの上のネズミは、コバルトの言葉に溜息《ためいき》を吐《つ》いた。彼もまた、頭を悩ませるかのように、首を何度も横に振る。

「とりあえず、アモンと同じ立場であることは肯定しよう。スタンスは違うけどね。俺は、ああいう方法で人間に関わろうとは思わない」

「だから、僕のことも……」

「しょんぼりするな。気持ちは有難く受け取るさ」

「だ、だれも、しょんぼりなんて――」

してない、とは続かなかった。口に、ジャムを塗られたスコーンを押し込められたからだ。

「ま、困ったことがあったら頼りたまえ。話くらいは聞いてやるよ」

「あ、有難う御座います」

スコーンを皿から取り除き、小皿に載せる。スコーンはふんわりとしていて、ジャムは心地よい甘ったるさだった。少し口に入れただけなのに、まだ、ジャムの味が口に残っている。

「改まった言葉遣いじゃなくてもいいぞ。俺はそれくらいで腹を立てるほど狭量じゃないし。まあ、アモンの丁寧さを真似《まね》たいなら止めやしないけど」

「いやぁ、さすがにそれは無いですかね」

私も、ちゃんと己をわきまえている。

「お言葉に甘えて、と言いたいところですけど、染み付いてしまってますし。でも、少しずつフランクにしていこうと思います」

「それがいい」

「気をつけろよ。こいつ、変なところで癇癪《かんしゃく》を起こすから」とネズミが口を挟んだ。

「さっきからうるさいな。お前もパイにしてやろうか」

「ひひひっ、俺の肉じゃ大したパイにはならないだろうよ」

「ウサギの肉に混ぜるさ」

「ひえっ、それは困る！　何処までが俺で、何処までがウサギだか分からなくなっちまう」

　恐れるところが違うような気もしたけれど、ネズミが怯《おび》えているからいいんだろうか。

「まあ、そういうことだ。親睦《しんぼく》を深めるために、さあ、ティーパーティーを始めよう！」

　コバルトは潑剌《はつらつ》と言った。そこには、いつもの表情がすっかり戻っている。

「すごく美味しそうだけど、こんなに食べきれるかな……」

「食べきれない分は、タッパーとやらに詰めて持って帰ればいい」

「タッパーとやらって……」

　取り敢えず、食べきれなくなったものを詰め込んで持ち帰るという認識のものらしい。とやら、ということは馴染《なじ》みが無いんだろうか。爵位なんてちゃっかり持っている亜門と同様で、彼もまた、セレブなのだ。

「タッパーとやらが無いなら、ビスケットバレルがあるぞ。それに詰めて、アモンにも持って行ってやるがいい。ああ、しかし、スコーンは焼きたてが一番だからな……」

　コバルトは思案する。嫌な予感しかしなかった。

「よし！　アモンの巣でティーパーティーをしよう！」

「ええっ⁉」

　すっかり茶菓子が広げられてしまったテーブルを前に、ネズミと共に目を剝く。

「俺はどうすんの⁉」

「ネズミは留守番だな」

「そんな無慈悲な！」

「お前が俺に慈悲を乞《こ》うなよ。お前はお前の乞うべき相手に乞うんだな」

コバルトは冷たく突っぱねた。それでも、おろおろするネズミに、ふわふわのスコーンを一つ分け与えたけれど。

「さて、ツカサ」

「は、はい」

「行こうか」

コバルトはにこやかに言う。

「行こうか、って」

「言っただろう？　我らが友のところさ！」

びょうと強い風が吹く。嵐か、竜巻か、突風か。青薔薇の花びらを巻き上げて、風が私達を包み込む。

「う、うわぁあっ」

遠のく意識の中で、コバルトの言葉がよみがえる。

我らが友。ということは、私も亜門の友人として認められたんだろうか。

彼らの事情は、思ったより複雑そうだ。私が容易に踏み込んでいけるものではない。だが、少しずつ歩み寄りたい。そして、いつの日か、彼らの本心を理解したかった。

そう思った瞬間、風にあおられる私の身体は、宙へと浮いてしまったのであった。


「うわあああああっ！」

ふとした途端、落下が始まった。

ウサギの巣穴に落ちるのは、こんな感じだろうか。なんて、感心している余裕はない。

アリスの落下なんて比べ物にならないほど、私は急速に落ちていた。

そもそも、何処まで風に舞い上げられたか分からないし、地上がどうなっているかも分からない。目をぎゅっとつぶって、覚悟を決めた。

ぼすっ
身体が受け止められる。衝撃はあったけれど、身体は痛くない。やけに収まりがよく、しっかりとしていた。

「司君。早めにどいて下さると有難いのですが」

「あ、あ、亜門！」

亜門の腕の中だった。彼は、いつもの指定席で読書の姿勢のまま、私の身体を受け止めていた。

「す、す、すいません！」

慌てて飛びのき、土下座をする。

「顔を上げて頂けますかな。そんな、流れるような動きで土下座をされても困ります」

亜門は読みかけの本を閉じ、椅子の隣に積んだ。

「店に戻った時、あなたがいなかったのには驚きましたぞ。無断で帰るような方ではないから、何かあったのかと思いましたが」

「……正に、何かがあったところでした」

「コバルト殿の戯れですな？」

亜門は溜息を吐く。私はそっと顔を上げた。彼の視線は、私の背後にある。つられるように振り向くと、満足げに席に着き、ふんぞり返っているコバルトの姿があった。

「来てやったぞ、本の隠者よ！　さあ、今度こそティーパーティーを始めよう！」

「……やれやれ。招いて下されば、足を運んだというのに」

テーブルの上には、すっかりとお菓子の山が築かれていた。コバルトが私に分けてくれたお菓子の小皿も、ちゃんとあのまま置いてある。

「そもそも、なぜ、司君を連れて行ったのです」

「アリスに俺の庭を自慢したかったのさ。それに、話もしたかったしな」

「ははぁ、なるほど」

亜門はちらりとこちらを見やる。私の手には、〝不思議の国のアリス〟がすっぽりと収まっていた。

「蔵書が無くなっていたので、なんとなく予想はついていましたが……。司君、彼女に随分と助けられたようですな」

「ええ。大変参考になりました……」

彼女とは、〝不思議の国のアリス〟の絵本のことだろう。物語を知っているとはいえ、記憶の中の内容はおぼろげだった。本が無ければ、きっとあの世界で混乱していたことだろう。

「それにしても、コバルト殿が司君に話とは。まさか、新しい縁を紡ぐためにですか？」

亜門はコバルトに向き直る。すると、彼は肩をすくめる。

「それもちょっと考えたが、ツカサは駄目そうだな。アモンにぞっこんだ」

「ぞっこん……」

亜門が何とも言えない顔で私を見る。慌てて、首を横に振った。

「ち、ち、違います！　誤解です！　濡《ぬ》れ衣《ぎぬ》です！　冤罪《えんざい》です！」

「いえ、親しみを抱いて頂けるのは、嬉しいことですからな」

「必要以上に慈しみの目で見るのをやめて頂けます⁉」

抗議の声をあげる。

その時、ふと、気になった。そう言えば、この店は縁を失ったり、失いかけたりしていそうだが……。

そして、コバルトが紡ごうとした縁とは何だろう。私への態度からして、友情ではなさた人が集まるのではなかっただろうか。

コバルトは魔法が使えるし、亜門と同族のようだから、特例だと思ったのだが。

「……司君。〝乳と蜜の流れる場所〟はいかがでしたかな？」

「変なところですけど、楽しいところでした。この店と同じで、個性が強いっていうか……」

「そうですか」と亜門は微笑《ほほえ》む。私もつられて笑ってみせた。

変なものが多くて不思議だったけれど、とにかく、土も木々も、何もかもが満たされていた。

飢えることのない、肥沃な大地と豊富な食べ物と、美しい花が咲き乱れる場所。変なものを除けば、不思議の国というよりは、楽園だったのかもしれない。

「おい、ふたりで何をこそこそとしているんだ。お喋りは後にしないか？　あんまりにも時間を潰すと、時間のミートパイも出来てしまうぞ！」

コバルトに催促された私達は、慌てて席に着いた。

「ふむ。時間を潰すという慣用句と、物理的に潰すことをかけているのですな？　〝不思議の国のアリス〟の帽子屋は、ハートの女王の時間をつぶ《murdering the time》してしまったが故に時計の時間が止まってしまいましたからな。お茶会の時間のままなので、ずっとお茶会をやるしかない、とのことでしたが、あなたの時計はどうなんですか？」

「俺の時計も常にお茶会の時間だね。ただし、こちらではなく、こっちだけど」

上等そうな懐中時計を放り投げ、自らの腹部を指す。

「あなたは常にお腹を空《す》かせておりますからなぁ」

「満たされていたいし、満たしていたいのさ」

コバルトはそう言って、亜門の分の紅茶を淹《い》れる。

「ふむ。いい香りですな。今日はディンブラですか」

「アリスに是非とも飲ませたくてね」

「——だそうです、司君」

「アリス呼びは、もう勘弁してください……」

呻《うめ》きながらも、紅茶の香りを確かめてみる。すると、ふわりと花の香りがした。あまりにも心地よく、あの、満ち足りた庭園を思い出す。

「ほう、司君も気に入ったようですな。すっかり、ウットリとした顔になっておりますぞ」

「それは何より。それじゃあ、ティーパーティーを始めようか！」

紅茶の味は、コバルトの庭園ほど自己主張が強くなく、ほのかで、優しい味がした。一口含むたびに、花の香りが私を包んでくれる。目を閉じれば、青薔薇に満たされた庭が、瞼《まぶた》に浮かび上がる。

「ほらほら、ツカサ。紅茶もいいけど、お菓子も食べるんだ。足りなくなったら、すぐに言えよ。いくらでも出すから」

「そ、そんなには食べれませ……食べれないよ」

コバルトがぐいぐいと差し出して来たのは、メレンゲパイだった。レモンの爽《さわ》やかな香りが鼻先をかすめる。

「おや、すっかり仲良しですな」

「ツカサが仲良くなりたいって言うからね」

「間違っちゃいないけど、なんだか腹が立つ……！」

しれっとするコバルトからメレンゲパイを受け取り、無理矢理に頰張る。控えめの甘さが、口の中を存分に満たしてくれた。

「ほほう。良い食べっぷりですな。時に、コバルト殿。そこのパイを頂けますか？」

「勿論だとも。白ウリギのミートパイと、三月ウサギのミートパイ、どちらがいい？」

満面の笑みで二つのミートパイを指し示すコバルトに、メレンゲパイを噴き出しそうになる。

「そ、それって、お茶会のメンバーだったり、動いていたりしたやつじゃないか……！」

「うん？　お茶会のメンバーだろうと、動いていようと、ミートパイはミートパイだ。食べ物は食べるべきだろう？」

さも、当然のように言う。よく見ると、片方のミートパイのお皿には、白い手袋が添えてあった。きっと、そっちが白ウサギのミートパイだ。

「どちらも捨てがたいですからな。私は一切れずつ頂きましょう」

「亜門、いいんですか、それ！　片方は喋ってましたよ!?」

「しかし、ミートパイは食べるものですからな。それに、私はウサギに目が無いのです」

そうだった。このひとの本質はフクロウだった。温厚だけれど、肉食だった。

「ご安心ください。司君の分も残しておきますので」

「そういう問題では……！」

「良かったなぁ、ツカサ。肉を食べて身体でも動かせば、筋肉がついて少しは近づくかもしれないぞ」

コバルトはミートパイを切り分けながら、にやにやと笑っている。

「何に近づくつもりですかな？」と亜門。「ああ、実は……」とコバルトが口を開く。

「待って！　やめて！　恥ずかしいから、話さないでください！」

「ツカサは、アモンが……」

「話さないでくださいって、言ってるだろ！」

思わず、涙目で掴みかかる。

その後、ちょっとした小競り合いになって、亜門にこっぴどく怒られたことは、語るまでもない。

幕間　それぞれの珈琲

その日は嵐《あらし》だった。

朝から轟々《ごうごう》と風が吹き、雨は土砂降りだった。冠水してしまうんじゃないかと思いながら、〝止まり木〟へ往《ゆ》く。

軒を借りている新刊書店は、見事に閑古鳥が鳴いていた。当たり前である。この嵐の中、本を買いに来る気にはなれない。

エスカレーターで上階を目指そうとすると、のろのろと歩く三谷に出会った。

「三谷」

「ああ、名取か。本買って行けよ」

「何だよ、藪《やぶ》から棒に。それに、今日は勘弁してくれよ。こんな日に本を買ったら、持って帰る時に濡《ぬ》れるだろ？」

「だよなぁ」

三谷は溜息《ためいき》を吐《つ》く。背中の丸まりも、三割増しといったところか。

「午後の便で新刊が入ってくるまでは、あんまり仕事にならないだろうな……」

「忙しいのも辛《つら》いけど、暇なのも辛いよな」

「そうそう。それそれ」と三谷は頷《うなず》く。

「まあ、何処《どこ》かが雨漏りし始めたら、途端に忙しくなるわけだけど」

「雨漏り……」

思わず天井を見やる。この建物は随分と年季が入っていそうだ。

「以前は雨漏りがあったんだっけ」

「ああ。バックヤードが水浸しになってな。そこに本を置いてなかったからよかったものの、置いてたら大惨事だった」

「平成の世でも〝ふるやのもり〟が怖いっていうのもすごい話だよな……」

「神保町は古い建物が多いから、それが顕著でさ。近所にも新刊書店があるだろ？　あの、サブカルに強いところ。あそこの最上階も雨漏りしてたし」

「ふむふむ」

「この前の大型台風が来た時なんか、近所の版元は台風が来る前に雨漏りをして」

「雨漏りし過ぎじゃないか!?」

神保町では、未《いま》だに〝ふるやのもり〟が猛威を振るっているらしい。

「亜門さんのところ、大丈夫かな」

「どうだろう。あれって魔法の店だし、異空間にあるのかも」

「あそこの蔵書が水浸しになったら、俺、雨を一生許さないわ。憎しみで闇堕《やみお》ち出来そう」

「ま、まあ、万が一そんなことになりそうだったら、僕も亜門もなんとかするし」

他愛のない会話を交わしながら、二人で四階に上がる。そして、三谷は売り場へ、私は〝止まり木〟に向かった。

「おはようございます」

「おお、司君。待ち侘《わ》びておりましたぞ」

お早う御座います、と森の賢者さながらの紳士は、奥のソファから立ち上がった。

「外はひどい雨のようですからな。来られないかと思いましたが」

「東京の地下鉄は、意外とタフだったみたいです。でも、今日はお客さんが来なそうですよね……」

「ええ。こちらの新刊書店を訪れる方自体が少ないでしょうしなぁ」

亜門はしみじみとぼやく。

「もし、私用がお忙しいようでしたら、帰って頂いても構いませんぞ。それでも、今日の分のお給料はきっちりとお出ししますので」

「いえいえ。そういうわけには……！　それに、どうせ帰っても暇なだけですし。嵐が過ぎるまで、軒をお借りしたいな、なんて」

「そういうことでしたら大歓迎ですぞ。どれ、掃除が終わったら、珈琲《コーヒー》を淹《い》れましょうか」

「はい！」

鞄《かばん》を隅の棚に放り込み、エプロンを着用する。掃除用具入れからモップを取り出し、床を丁寧に磨き始める。

「そう言えば、この辺の建物は随分と雨漏りをしているみたいですけど、〝止まり木〟はさすがに、大丈夫ですよね？」

床に積まれた本をどかしながら、冗談交じりに言う。「もちろん」と亜門は自信満々に微笑《ほほえ》んだ。

「我が隠れ家は、亜空間の結界の中にありますからな。雨如《ごと》きをおいそれと通すようなことは――」

ぽた、と目の前を何かが落ちる。

「あれ？」

「おや……？」

私と亜門はそれを覗《のぞ》き込む。雫《しずく》だ。雫が落ちて、木の床に小さなシミを作っている。

「まさか……」

亜門が頭上を見上げる。すると、木の天井には間違いなくシミが出来ていた。まだ新しく、じっとりと濡れている。その中央から、雫が垂れているのに気付いた。

「亜門、雨漏りです！」

「そんな馬鹿な！」

亜門は目を剝《む》く。だが、そこにあるのは紛れもなく、雨漏りの痕《あと》だ。

「ど、ど、どうしましょう！」

「司君、まずは落ち着いて。深呼吸ですぞ」

亜門とともに深呼吸をする。おかげで、少し落ち着いた。

「どうして、雨漏りなんて……」

「天井だけは浮世の干渉を受けやすい状態なのかもしれませんな。いやはや、まさか、雨漏りをするとは……」

亜門は眉間《みけん》を揉《も》む。仕組みはいまいちわからないけれど、雨漏りをしているのは事実らしい。

「ひとまず、本を片付けましょう。濡れてしまったら、巻の終わりですからな！」

亜門と私で、近くにあった本をてきぱきと片付ける。

雫が垂れるタイミングは遅い。まだ、漏り始めたばかりなのだろう。

水痕を眺めつつ、私達は途方に暮れていた。

「さて。後は、この天井をどう塞《ふさ》ぐかですが」

不安な気持ちで眺める。雨漏りをそのままにしておくと、天井にも良くないだろう。そんな時、扉が無遠慮に開け放たれた。

「御機嫌よう、本の隠者と、その友人よ！」

嵐のようにやって来たのは、鮮やかなる青い髪のマッドハッターだった。

「コバルト殿……。この忙しい時に……！」

「ず、随分な挨拶《あいさつ》だな！　何があった。アモンが殺気立つには理由があるからな。俺に教えたまえ。必ずや、役立つ助言をしてやろう！」

コバルトは無駄に威厳たっぷりに言った。そんな彼に、雨漏りの天井を示す。

「ほほう。雨漏りか。それで、大切な本を濡らしたくないんだな？　まあ、穴を塞ぐ作業は嵐が去ってからの方がいいだろう。今は、水があちらこちらに飛ばないよう、器で受け止めるといい」

至極まともな意見だった。

「器……」

亜門と私は雨粒を溜《た》めておけそうなものを探す。コバルトもまたそれに倣うが、視線が、ふとカウンターの上で止まった。その先にあったのは、亜門が大事にしているサイフォンだった。

「コバルト殿」

気付いた亜門の手が伸びる。彼の大きな手は、コバルトの派手なシルクハットを鷲掴《わしづか》みにした。

「ま、待て待て待て、何も言ってないだろう⁉」

「もし口にしておりましたら、あなたのご自慢の帽子を器にしていましたな……！」

「そ、そんな命知らずなことを言うか！　俺だって、言っていいことと悪いことくらいわきまえているさ！」

コバルトは帽子をかばい、亜門の手から逃れる。

「まったく……」と亜門は眉間を揉んだ。

「えっと、バケツがありますから、バケツを使いましょう！」

私は掃除用具入れからバケツを持ってくると、雨漏りをしている天井の下に置いた。これで、周囲に飛散しないだろう。

「やれやれ。後は、嵐が去った後にでも私が直しましょう」

亜門は深い息を吐いた。

「魔法で直すんですか？」

「いいえ。手作業です。その方が一番確実ですからな」

きっぱりとそう言われる。トンカチを片手に修繕をする亜門は、少しばかりシュールだ。

「で、コバルト殿は何をしに来たのですか？」

いつの間にか、席に着いてすっかりくつろいでいるコバルトに問う。彼は咳払《せきばら》いをするとこう言った。

「決まっているじゃないか！　アモンの珈琲を飲みに来たのさ！」

「最近、あなたは頻繁に我が巣に訪れますが、そんなに司君が気に入ったのですか？」

「勿論《もちろん》！　ツカサは、ムキになって怒るまで弄《いじ》るのが楽しいからな！」

「――だそうですぞ、司君」

「……コバルトさんの前では、出来るだけ、心を無にしようと思います」

自分はあなたの玩具《おもちゃ》ではない。と主張しようとしたが、心を無にして、反撃しないようにした。

「さて、珈琲を淹れなくては。コバルト殿が雨漏り対策のバケツ代わりにしようとしていたサイフォンで、熱くて美味《おい》しい珈琲を淹れなくては」

「そ、そんなこと言ってないじゃないか……」

亜門のとげとげしい態度に、コバルトは「ぐぬぬ」とうなる。

「え、えっと……」

嵐の中、雨漏りする古書店で、ぎすぎすした雰囲気の男が二人。この二人は付き合いが長いようだし、慣れているのかもしれないが、私は耐えられそうになかった。

「そうだ、亜門。前から聞きたかったことがあるんです！」

「何ですかな?」

　亜門がこちらを振り向いた。

「珈琲の抽出器具って、他にもあったと思うんですけど、亜門はどうしてサイフォンを選んだんですか?」

「ほう、それは良い質問ですな!」

　亜門の目が輝く。このまま行けば、腹の虫も治まってくれそうだ。

「抽出には様々な方式がありましてな。一般的なものは、ドリップ式。フィルターに挽《ひ》いた粉を入れてから、お湯を注ぐものですな。こちらは、器具が比較的安価で手入れをし易《やす》いという利点が御座います」

「よくお店で見るやつですね?」

「ええ。ドイツのメリタ・ベンツ夫人が、夫に手軽で美味しい珈琲を飲ませたいという想《おも》いから発明したらしいですな。ただ、ドリップ式と一言で申しましても、器具の種類が豊富でしてな。その形によって、仕上がり方も違うので、なかなか難しいのです」

「紅茶で手軽といえばティーバッグだが、あれのようにはいかないわけだな」とコバルト。

「そうですな。まあ、ティーバッグもまた、油断をすれば、味が必要以上に濃くなってしまうわけですが」

　抽出器具は他に、マシン抽出をするコーヒーメーカー、一定時間が経過したら金属フィルターで粉を漉《こ》すフレンチプレス、高温高圧で短時間抽出を行うエスプレッソマシンなどがあるらしい。

「マシンは手軽なのですが、意外と機械によって味が安定しないそうでしてな。それに、手作業で細かい調整も出来ないので、美味しい珈琲を淹れるのが難しかったりもします。そういった意味では、フレンチプレスの方が簡単かもしれませんな。ただし、珈琲オイルが水面に残るので、好き嫌いが分かれますが……」

オイルがあった方が、香りも豊かでコクも出るのですが。と亜門は付け加える。

因《ちな》みに、ラテアートを作る時に重宝するエスプレッソマシンは、亜門も所有しているらしい。そう言えば、コバルトにラテアートを教えようとしたこともあったか。

「そして、私が主に使っているサイフォンは、メンテナンスが難しく、抽出時間の調整にもコツが必要となります」

しかし。と亜門は続けた。

「何と言っても、サイフォンは香りが高い。高温で短時間に抽出をするためですな。隠れ家の中を珈琲の芳香で満たすには、サイフォンが一番です。また、見た目も美しい！　インテリアとしても非常に優れているわけです。いやはや、珈琲が飲まれるようになったきっかけを作ったカルディと並んで、サイフォンの製作者を称《たた》えたいものですな！」

亜門は大袈裟《おおげさ》な身振りでカウンターのサイフォンを示す。その演者さながらの様子に、私とコバルトは、つい、拍手をしてしまった。

「――ということで、しばしの間、お待ちくだされ。今に、美味しい珈琲を淹れて差し上げましょう」

そう言って、亜門はお湯を沸かし、珈琲豆を挽く。沸いたお湯をフラスコに入れると、ぱちんと指を軽くならす。すると、アルコールランプに火がともり、フラスコの底をなめ始めた。

お湯が沸騰し始めると、サイフォンの上に設置されたロートに珈琲粉を入れて差し込む。すると、何ということだろう。ロートにお湯が上ってくるではないか。何度も見ているし、原理も説明されているのだが、どう見ても魔法を使っているようにしか見えない。コバルトもまた、目を輝かせて見守っていた。

「アモン、それは面白い魔法だな」

「魔法ではありません。これは、フラスコが熱されて内部の圧力が上がったために起こる現象なのです。加熱膨張と言いましてな」

「ふぅん。白ウサギの家の中で身体が大きくなってしまったアリスが、手をはみ出させてしまったというのと同じ原理かな」

「まあ、その手の部分がロートに上って来たお湯だと思って頂ければ」と亜門は頷く。

尤《もっと》も、アリスは加熱されたわけではなく、小瓶の液体を飲んだだけですが。と付け加えるのも忘れなかった。

亜門はお湯と珈琲粉を、竹べらでゆるりと攪拌《かくはん》し、両者を馴染《なじ》ませる。

その後は、手を出さずにサイフォンに任せる。しばらくすると、美しく三層に分かれた。ガスと粉と、液体なのだという。

「さて。仕上げですぞ」

アルコールランプを外し、手早く、しかし撫《な》でるように攪拌する。亜門がすっと竹べらを外すと、珈琲がすーっとフラスコに落ちて行った。これもまた、コバルトは面白そうに眺めていた。「今度はお菓子を食べて身体が小さくなったわけだな！」と、またもや、アリスに当てはめていた。

ぽこぽこと泡立つのが無くなると、亜門は鷹揚《おうよう》に頷いた。完成したのだ。

亜門がカップに注いでくれた珈琲を、私とコバルトは一口含む。すると、自然としみじみした溜息が零《こぼ》れ落ちた。

「美味しいですね……」

「ああ。香りもまた、格調高くて優雅だ。俺では、ここまでの珈琲は淹れられないなぁ」

「お褒め頂き、光栄で御座います。しかし、コバルト殿。ペーパードリップ式でしたら手軽に練習が出来ますし、挑戦してみてはどうですかな？」

「いやいや。それでもし、上手《うま》く淹れられるようになったら、ここに来る口実が無くなるだろう？」

コバルトは指を振ってみせる。確かに、自分で美味しく淹れられるならば、わざわざ店に来る必要は無いのだが……。

「まあ、珈琲の淹れ方がそれぞれであるように、楽しみ方も人それぞれなのさ」

「上手いことまとめましたね、コバルトさん……」と私は苦笑する。

「まあね」

「ああ。そんなに得意顔になられると、褒めなきゃよかったって思ってしまう！」

亜門はそんな様子を見て笑っている。怒りはすっかり治まったらしい。

「そう言えば、アモン。何か面白い本はあるかな。珈琲の他に、本を勧めて欲しくてやってきたんだ」とコバルトは言う。

「コバルトさん、本を読むんですか？」

失礼と思いながらも、私は思わず尋ねてしまう。

「読むに決まっているだろう。人間が作り出した物語を愛《め》でながら飲む紅茶も、なかなかに美味しいからね。お茶会をしながらのんびり読むのさ」

「えっと、どんな本を？」

「絵が可愛《かわい》いやつ。もしくは、装丁が可愛いやつ」

即答だった。

「内容は気にしないんですか……？」

「ああ、コバルト殿はハッピーエンドを好みますな。悲劇は好みません」

亜門が教えてくれる。「そうとも！」とコバルトが手を叩《たた》いた。

「ハッピーエンドはいいものだ！　それに比べて、バッドエンドは駄目だね。どうして登場人物をあんな風に苛《いじ》めるのか、俺には理解出来ないな。そう思うだろう、ふたりとも」

「ぼ、僕は、得るものがあれば、割となんでも……」

「私はハッピーエンドの方が好きですが、悲劇もまた共感が出来るので嫌いなわけではありませんな」

亜門の発言が少しばかり重い。

「なんでだ！」とコバルトは叫んだ。

「理解が出来ない！　〝ロミオとジュリエット〟だって、ジュリエットのキスで死んだロミオが生き返ればいいじゃないか！」

「……それは、二人とも救われるかもしれませんが、物語が本来持つ美しさが損なわれるのでは……」

力説するコバルトに、亜門は歯切れ悪く反論する。

「物語の美しさがなんだ！　俺は、あの二人の幸せが一番なんだ！」

なるほど。亜門は物語を愛でるタイプで、コバルトは登場人物を愛でるタイプなんだろう。

「童話だったら、〝人魚姫〟も悲劇か。あれもまた、可哀想《かわいそう》に！」

嘆く彼に、「でも、コバルトさん」と口を挟んだ。

「亜門と三谷が話しているのを見て、僕も読んでみたんですけど……、原作はそこまで悲劇でもないみたいですよ。人魚姫は泡になった後、空気の精になるんですけど、そこで試練を乗り越えれば神様のもとに――」

「司君！」

亜門が慌てて私の口をふさぐ。

しまった。コバルトが亜門と同族というのなら、彼もまた悪魔。神の話は厳禁か。

案の定、コバルトは露骨に顔をしかめた。美しい貌《かお》が台無しだ。

「その、カミサマってのは、〝あってあるもの〟だろう？」

「あ、あってあるもの？」

「……古代イスラエルで唯一神として崇《あが》められた者。つまり、イエス・キリストの父のことですな」

亜門が耳打ちをしてくれる。旧約聖書に登場する神のことだろうか。三谷ならば、こういう話が得意なんだろうが、この場に彼はいない。

「ああ、嫌だ嫌だ。どいつもこいつも、〝あってあるもの〟ばかり崇めて！　人魚姫も、俺のところに来ればいいのに！　そしたら毎日、面白おかしくティーパーティーをするのにな！」

「それは、作者であるアンデルセンの意思に反するのではありませんかな……？　それに、彼は古代イスラエルの人間ではありません。もしかしたら、彼の言っている〝神〟とは、息子の方かもしれませんぞ」

「ああ。キリストちゃんの方かぁ……」

それならいいや、と言わんばかりだ。どうも、彼の怒りのベクトルが分からない。魔に属する者は、イエス・キリストも苦手なのではないだろうか。

「大体、試練ってなんだ、試練って。人魚姫は充分に苦しんだじゃないか！　あんなにひたむきに王子に恋をして、報われなかった上に、更に試練だぞ⁉　ホント、ありえない！　信じられない！　超ムカつく！」

「若い女子みたいな怒り方をしないでください。ほら、こちらの本でも読んで、しばらく大人しくしていてくれませんか」

亜門は書棚から本を抜き取ると、ふくれっ面のコバルトに差し出す。表紙に先のとがった潜水艦と海の生き物が描かれていた。

「あ、可愛いな、これ！　少しごつい気がするけど、全体的に可愛い！」

「ジュール・ヴェルヌの〝海底二万里〟です。気に入って頂けたようなら何よりですな。

挿絵も多いですし、あなたにも楽しんで頂けるかと思います。それを読んで、しばらく大人しく待っていて頂けますかな？」

亜門は実にあしらい慣れていた。コバルトの機嫌はすっかり良くなり、「分かった」と素直に渡された本を開く。

ただし、真ん中あたりから。

「コバルトさん。それ、途中から読むんですか？」

「ああ。途中から読むんだ」と視線は本に釘《くぎ》づけになったまま、コバルトは答えた。

「途中まで読んでいたんです……？」

「いいや。途中から読むんだ」と、コバルトは繰り返す。

「そう。コバルト殿は、途中から読むのです」

亜門は残った珈琲を啜《すす》りながら言った。

「どういうことなんです……？」

「面白いのさ。物語の途中から読むと、どうしてこうなったのかを想像しなくちゃならないだろう？　そういうのが、俺は好きでね。そして、クライマックス直前まで読み進めたら、最初から読んでみるのさ。それで、答え合わせをした後に、クライマックスに突入するんだ！」

コバルトは得意げだ。

「……はぁ、自由だなぁ」

「そうです。コバルト殿は、自由なのです……」

亜門は短く息を吐く。

「珈琲の淹れ方も飲み方も、本の読み方も人それぞれということさ！」

人ではない彼は、堂々と胸を張ってそう言うと、〝海底二万里〟の深海旅行の最中に乱入したのであった。

第三話　司、亜門と将来を考える

何気なくテレビを見ていたら、気になる本が登場した。

有名な予備校の講師とやらがあまりにも熱心に勧めるので、興味が湧《わ》いてきてしまったのだ。メモをしようとするものの、肝心なメモ用紙が見つからない。辛うじて、携帯端末に記せたのは、単語だけの不完全なタイトルだった。

「これ、検索で見つかるかな」

〃止まり木〃が軒を借りている、新刊書店の検索機と向き合う。タッチパネルを操作する指は、緊張で震えていた。

「あ、あれ？　見つからない……？」

該当なし。

確か、この検索機は単語だけでも検索出来たはずだ。つまりは、私のメモが間違っていたということになる。

「マジか……」

お手上げ状態だった。

テレビを見ない亜門に尋ねても、恐らく、答えられないだろう。それに、彼は現代の本には、あまり詳しくない。

「三谷のところまで行って、わざわざ聞くのも気が引けるしな……」

私がいるのは一階だ。三谷の担当フロアは四階である。距離もあるし、そもそも、三谷がいるかも分からない。

「それに、あっちは働いているしな……。遊びに行く感覚で向かうのも、ちょっと……」

申し訳ない。

私は、レジカウンターの向こうにいる書店員に気付く。私や三谷と同年代くらいの、若い男性だ。何となく日が合ったような気がして、並んでいる人がいないのを確認してそちらへと向かった。

「あの、本を探してるんですけど……」

「いらっしゃいませ。どのような本でしょうか」

向けられた微笑が、あまりにも爽《さわ》やかだった。

亜門のように渋さを含んではおらず、コバルトのように妖艶《ようえん》でもない。爽やかさ百パーセントで、非常に眩《まぶ》しい。

言うなれば、アイドル。お茶の間の女性を魅了しそうなベビーフェイスの、好青年だった。

「え、えっと、昨日、テレビで紹介されてたんですけど……」

メモをした本のタイトルは不完全。しかも、検索機で検索できないので、間違っていそう。そんな申し訳ない状況を説明すると、「なるほど」と好青年は相槌《あいづち》を打つ。

「どんなテレビ番組でした？」

「えっと、割とメディアに登場する、予備校の講師が出てくる番組で……。すいません、番組名を覚えていたら良かったんですけど」

「チャンネルと時間帯はいつ頃か覚えてます？」

「それは、確か……」

私のおぼろげな記憶をもとに、好青年はパソコンのキーボードに指を走らせる。時には眉間《みけん》に皺《しわ》を寄せて難しい顔をし、時には、手がかりを見つけたようで何度も頷《うなず》いた。

「あ、よかった。番組のサイトに本の紹介記事が載ってますね」

「えっ、本当ですか？」

「ほら」

好青年はパソコンのモニタをくるりと私の方に向けてくれる。

なるほど。確かに、私がテレビで見た講師の写真とともに、本が紹介されている。

「僕が先に、こっちを調べれば良かったですね……」

私が苦笑すると、好青年はキーボードを叩《たた》きながら言った。

「いいんですよ。こうやって本を探すのも我々の役目ですから」

頼もしい言葉だ。

「うーん。この冊数ならば、平積みになってるかな……？　どうしましょうか。こちらにお持ち致しましょうか？」

「あ、いや、自分で探します！」

「分かりました。それじゃあ、本がある場所をお教えしますね」

好青年は、本の情報をプリントアウトしてくれた。本のタイトルはもちろん、著者や出版社が書かれたそれには、書棚の場所も記されている。これならば探せそうだ。

「有難う御座います！」

私はすっかり感動していた。

礼を受けた好青年は、にこやかに「いえいえ。こちらこそ、有難う御座いました」と白い歯を見せる。

完璧《かんぺき》だ。完璧なアイドルだった。

三谷と同じく、エプロンにワイシャツ姿だが、雰囲気は天と地の差であった。

「女子にウケそうだなぁ……」

その場を後にしながら、なんとなくぼやいてしまう。

好青年の方を振り向くと、彼が空いたのをいいことに、ダッシュで向かう女性客の姿が見えたのであった。

「というわけで、何とか目的の本を入手出来たんですけど」

〝止まり木〟に辿《たど》り着いた私は、亜門に事の次第を話す。彼は、奥の指定席で相槌を打ちながら聞いてくれた。

「欲しい本に出会えて何よりですな。確かに、新刊となると私では疎過《うとす》ぎる。加えて、テレビの情報となるとお手上げですからなぁ」

「そう言えば、亜門って新刊は買うんですか？」

「ええ。海外文学は新訳が出ると買いますな。訳を比較するのが面白いので」

「新訳っていうことは、古典ですよね……。やっぱり、古い本じゃないですか」

しかも、三谷も同じようなことを言っていた気がする。自分に合った訳者に会えた時の感動はひとしおだとか。

「国内文学の新刊は買わないんですか？　その、生きてる作家のやつは」

三谷は、知らない作家の気になる本があると著者の書影を確認するらしい。そこで、存命かそうでないかを判断するそうだ。彼曰《いわ》く、亡くなってから何十年、何百年と遺《のこ》った作品は〝本物〟なんだそうだ。だからと言って、存命の作家の本が偽物というわけではないらしいが、とにかく彼は、そこに妙にこだわっていた。

「これ、と思ったものは買いますな。私が求めている本は、本自身が語りかけて下さるので」

「亜門は、本の声まで聞こえるんですか……」

「まあ、比喩《ひゆ》ですが」

ですよね。と心の中で頷く。

「あとは、勧められている本はよく手に取りますな」

「あ、意外と普通ですね。もっと、想像がつかない選び方をしているのかと思いました」

「……私はコバルト殿ほど個性的ではないので」

個性的。物は言いようだ。

「勧められているっていうと、ベストセラーとして目立つところに置いてあるものですか？」

「いいえ。ポップがついているものです」

「ポップって、売り場にある、本を紹介するカードみたいなやつでしたっけ」

本と一緒に並べられる、名刺サイズからはがきサイズくらいのカードを思い出す。もっと大きくなってノートサイズなんかになると、パネルと呼ぶらしい。

「司君は、手書きのポップを見たことがありますかな？」

「ええ。軒を借りているこの書店にも、割とありますよね」

「ポップには、印刷されたものと手書きのものの二種類があります。前者は、出版社や取《と》次《つぎ》などから貰《もら》ったものですな」

取次とは、出版社と書店の仲介をしているところだと三谷が言っていた気がする。取次によって本が入ってくるタイミングが異なるらしく、新刊なんかは早く入荷した他店に出し抜かれると悔しい、とぼやいていた。

「一方、後者の手書きポップは、主に書店員が作ったもの、もしくは、著者直筆のものとなります。例外として、デジタルでポップを作成する書店員や著者もおりますが」

「三谷は、自分の字が汚くて嫌いだからパソコンで作るって言ってましたね。僕からしてみれば、そんなに汚いとは思えないんですけど」

「まあ、人目にさらされるものですからなぁ……。しかし、私はむしろ、個性的な字の方がポップに味が出て好きなのですが」

亜門はしみじみと言った。

「亜門は、手書きのポップ――というか、書店員が書いたポップがついたものを手に取るんですか」

「ご名答。そういったものは、個人的に推しているものが多いのです。誰に言われたわけでもなく、自ら推薦文を書き、もっと世に広まって欲しいという念を込めたもの。そういう情熱が伝わってくるポップを見ると、自然とその本を買いたくなるものです」

ただし、推薦者と自分の好みが合うかは別ですが。と付け加えた。

「しかし、好みが違っていても、他の方の好きな本に出会えるのは、嬉しいことですからな」

幸せそうな表情だ。やっぱり、このひとは読書が好きでたまらないのだ。

そんな彼の表情を見ると、胸の奥がじんわりとあたたかくなる。

「おや、どうしました？」

「えっ？」

亜門に問われ、目を瞬《しばたた》く。

「何やら、嬉しそうな顔をしておりましたからな」

「あ、いえ！　なんでもないです！」

知らず知らずのうちに、表情が緩んでいたらしい。慌てて、表情筋を引き締める。

「まあ、喜ばしいことが多いというのは良いことです。その分、人生が豊かになりますからな。そうすれば、あなたの本にも重みが出るでしょう」

「僕の……本」

「そう言えば、あなたの本の続きは浮かび上がりましたかな？」

「あっ、それなんですけど……」

苦い記憶を思い出す。

亜門の魔法で人生を本にされたものの、なんと、その中身は白紙だった。私の人生があまりにも起伏の無いものだったためだ。しかし、亜門と一つの壁を越えた時、彼の親友となったという一文が浮かび上がったのだ。

「あれ以来、続きが浮かばなくて」

「ふむ、なるほど……」

亜門は顎を擦《こす》る。

「僕としては、充実した毎日を送っているつもりなんですけど……」

「そんなに次々と浮かび上がるものではないので、気に病むことはありません。しかし、どうしても気になるというのなら——」

「気になるというのなら？」

「人生の転機を作るのです。あなたに大きな変化があれば、本に記されるかもしれません」

「大きな変化っていうと……」

私が首を傾《かし》げると、亜門はすかさず言った。

「結婚とか」

「相手が居ません」

「出産とか」

「構造上、不可能なんですけど」

「存じております」

「知ってて言ったんですか⁉」

亜門は偶《たま》に、しれっと軽口を叩く。以前は逐一腹を立てていたものの、最近はすっかり慣れてしまった。まあ、彼に悪意はなく、軽い戯れであることに気付いたためなのだろうが。

「結婚と出産は、人生において大きなイベントと言いますからな。他は、就職とか」

胃が、ぎゅっと縮まった。

「今後も、亜門のところで働かせて貰えませんかね……。ここ、あんまりにも居心地が良くて」

「うちは、コヨウホケンとやらは出せませんぞ」

「別に、雇用保険とか厚生年金は求めてませんから！　というか、雇用保険なんていう単語、よく知ってましたね」

「我が隠れ家に来たばかりの時に、あなたがぼやいていたではありませんか」

記憶の糸を手繰り寄せる。

確かに、社長が夜逃げしたから、どうやって失業給付を受ければいいか分からない、とかぼやいていた気がする。今更ながら、亜門に無粋な単語を覚えさせてしまった。

「今後も、ということは、うちに永久就職というおつもりですかな？」

「それ、意味が違います。意味が」

人生における大きなイベントその一になっている。

「ここは私の隠れ家ですからな。謂《い》わば、趣味のために始めた趣味のための店と申しますか。大きくするつもりが無いので、将来性はありませんぞ」

「でも、倒産や夜逃げとは縁がなさそうなので、安心ですよ」

「あなたがそれでいいというのなら、私は構いませんが」

亜門は乗り気ではなかった。

「もしかして、迷惑……ですかね」

「とんでもない！」

亜門は立ち上がりかけて、ハッと我に返る。再びソファに腰を下ろす彼を見て、私はホッとした。歓迎されていないわけではないらしい。

「ただ、この場所は非常に脆《もろ》いものです。私が居なくては成立しない。もし、私が居なくなったらどうするつもりですか？」

「……居なくなることが、あるんですか？」

胸の奥が痛む。

今まで、買い物に行っていたり、散歩に行っていたりして留守だったことは何度もある。しかし、それ以上にこの場所を離れることが、それももしかしたらずっと居なくなることが、あるのだろうか。

「もしかして、あなたがもともといた世界に帰ってしまうとか……」

「それはありませんな。今の私では、あそこには戻れない。それよりも、絶対的な力によって、運命を断たれることがあるでしょう？」

運命を断つ絶対的な力と言ったら、一つしかない。

「死……ってことですか？」

思わず固唾《かたず》を呑《の》む。亜門は無言で肯定した。

「そ、そんな、やめてくださいよ……。あなたは今まで、気が遠くなるくらい生きて来たんでしょう？　そんな、いきなり……」

亜門が居なくなる。そう思っただけで、胸が締め付けられる。

いつものように、新刊書店が開店してから〝止まり木〟にやってくる。しかし、扉は現れない。いくら待っても、亜門がやってくる気配もない。そうしているうちに、新刊書店の閉店時間が訪れる……。

内臓がひっくり返りそうだ。想像するだけでも恐ろしい。

「も、もしかして、死期が近かったりするんですか⁉　あなたがその、人に近しい存在になってしまったから……！」

全くそうは見えない。しかし、我々の常識と彼らの常識は違うかもしれない。

ある日、突然居なくなる。夢から目が覚めたように、すべてが無かったことになる。

そんなことも、充分にあり得る気がしていた。

「司君」

名前を呼ばれて我に返る。私は、亜門にすがりついていた。

「す、すいません」と慌てて、彼の背広を摑《つか》んでいた手を離した。

「いいえ。謝るのはこちらの方です。申し訳ありません。あなたを、不安にさせるような言い方をしてしまって」

亜門の大きな手が、私の頭に触れる。その重みもぬくもりも、彼の存在が現実のものであると教えてくれていた。

「その、事故死というのは普通にあり得ることですから。あなた達よりも多少は頑丈とは言え、致命傷を受ければ死にますからな」

「あ、ああ……！」

合点がいった。それと同時に、顔から火が出そうになる。

「ご、ご、ごめんなさい！　早合点してしまって！」

「いいえ。今のは私が悪いのです」

よしよし、とあやすように撫《な》でられる。いっそのこと、そのまま穴にでも埋まってしまいたかった。

「何が言いたかったかというと、いつ、なんどき、何が起こるか分かりません。そんな時、私はあなた達の社会に何の保証も持っておりませんからな。私に依存することは、あなたにとって、リスクが高いはずです。ゆえに、あなたはあなた自身で、社会に何らかの関《かか》わりを持っていた方がいいと思うのです」

魔法使いを自称するファンタジーの世界にしかいないと思われた悪魔である彼は、実に現実的なアドバイスをくれた。

「確かに、そうですね……。そりゃあ、亜門には安全で健康でいて欲しいですけど……」

「私も、安全と健康を心がけておりますが」

「……社会に関わりって言うと、やっぱり就職ですかね」

「まあ、それが一番安定していそうですが」

「いやいや。それでも、責任者が逃げたらそれで終わりですから」

正社員になったらば、あとは生活が保障されると言われたことがあった。だが、そんなのは幻想だった。正社員というのも、所詮《しょせん》は砂上の城だった。

「では、個人事業主になるとか」

「それは、もっと難しそうです……」

自分が社長になれば、社長に逃げられることもない。

間違ってはいないけれど、何かが根本的におかしい。

「少し、考えてみます。他にバイト先を見つけるのも、ありでしょうし……」

「ええ。たとえば、私が軒を借りている書店とか」

「お店が大きくてお客さんも多いから、大変そうですよ。三谷なんかも、鬼気迫る顔で本を積んでいることがありますし」

「彼の鬼気迫る表情は、想像がつきませんな……」

「たぶん、やることが多すぎて時間が足りない時にそういう顔をするんでしょうね。その、喩《たと》えるなら——」

亜門に通じる適切な表現を探す。その時、昔に聞いた聖書の話を、ぼんやりと思い出した。

「モーセの一団を追う、エジプト軍みたいな表情を……」

「ぶふっ」

亜門は盛大に噴いた。

「し、失礼しました……」

手で口を覆うものの、肩がふるふると震えている。相変わらず、亜門の笑いのツボがよく分からない。

亜門は何とか笑いを堪《こら》えると、「しかしまあ」とぼやいた。

「つい笑ってしまったものの、あれは笑えない状況でしたな。モーセ殿を失ったのも、エジプト軍に属していた者達を喪ったのも痛手でしたから」

「どうして、エジプト目線なんですか……」

しみじみと頷く亜門に、思わずツッコミをしてしまう。彼のことは、未《いま》だによく分からない。

「そもそも、亜門は、その頃から生きてたんですか？　えっと、聖書の話って、確か……」

「出エンプト記は、旧約聖書の時代の話ですからな。紀元前十三世紀ごろになりますが」

「ミレニアム単位の長寿ですね……。コバルトさんとは、その頃からの知り合いなんですか？」

「彼とは旧知の仲ですからな。まあ、住まいが近い所為《せい》もありましたが」

「なるほど……。どうりで、彼がやけに亜門にこだわるわけだ」

それだけ長い付き合いならば、私がぽっと出と言われるのも無理はない。

「コバルトさんと言えば、彼も亜門と同族らしいですけど、やっぱり、有名なんですかね」

〝高き館《やかた》の王〟の名を聞いた時の三谷の反応を思い出す。結局、三谷が何を言いたかったのかは聞けずにいた。

亜門は、ふと、口を噤《つぐ》む。

そして、充分に時間をかけて考えてから、こう言った。

「有名――過ぎるほどですな」

「有名過ぎる……？　三谷もそんな感じのことを言ってましたけど、僕も知っていそうですかね」

「ええ。恐らく」

しかし、私の記憶を探ってみても、あの色鮮やかなヴィジュアル系のマッドハッターに該当する悪魔はいない。

だが、亜門もまた、本来の姿を隠しているひとだ。コバルトのあの姿は、本来のものではないのかもしれない。

「もし、彼が何と言われている者か分かったとしても、絶対に彼の前では口にしないでください。――いいですかな？」

亜門が迫る。その目は、あまりにも真剣だった。

「え、ええ。でも、そんなにまずいことなんですか？」

「禁句もいいところです。彼は、それによって大いに不名誉を被っていますからな」

「不名誉……」

「万が一、あなたがそのことで彼を怒らせてしまったら、迷わずに私のところへ逃げて来なさい。絶対に立ち止まらず、真っ直《ま》ぐ《す》に」

「は、はい……！」

「彼はあなたを気に入っているようですから、機嫌さえ良ければ謝って許して貰えるかもしれません。しかし、そうでないと、いけませんからな」

「……」

眉間を揉《も》む亜門に、私は言葉を失った。

あの、我儘《わがまま》で勝手だが、明るく気さくな彼が、そこまで激怒するものとは何事だろう。

しかし、これ以上、彼の正体を探ろうとは思わなかった。好奇心は、すっかり失《う》せてしまった。

「そういった意味でも、私はうっかりと死ねませんな。まあ、不測の事態が無い限りは、司君が生きている間は存在を保てそうですが」

「えっ……？」

「おや。意外そうな顔をしていますな。我々が、永遠に存在するものと思っているのですかな？」

亜門に問われる。

そうじゃないんですか。と返そうとしたその時だった。入口の扉が、ぎぃと開かれたのは。

「……こんにちは？」

疑問符とともに現れた人物に、見覚えがあった。

「あっ、君は……」

「あれ、あの時の……」

お互いに目を丸くする。

記憶に新しくて見間違えようがない。訪問者は、あの、私の本を探してくれた好青年だったのだ。書店員用のエプロンは着けていない。休憩時間なんだろうか。

「ここの従業員だったんですか？」

好青年は問う。

「ええ、まあ」

「……なんか、信じられないな。結構、長い間働いていたけど、こんなところに店があったなんて……」

夢でも見ているみたいだ。と好青年は言った。しきりに目を瞬いているあたり、まだ、己の目を疑っているのだろう。

「ここは、魔法の店でしてな」

「魔法の……喫茶――」

「古書店です」

間髪を入れず、亜門が訂正をする。

「す、すいません。サイフォンが置いてあるし、珈琲《コーヒー》の香りがしたから、てっきり」

「構いません。珈琲もお出ししますからな。お好きな席にお座りください」

亜門に促され、好青年は戸惑いがちに席へ着く。目の前のメニュー表を弄《いじ》りながら、しきりにあちらこちらを見回していた。

「えっと、びっくりしましたよ……ね？」

私の問いに、彼は頷いた。

「うん。なんだか、夢を見てるみたいだ。でも、これが本当に魔法だとしたら――」

「したら？」

「とっても、素敵なことだと思う」

好青年は、目を輝かせていた。夢見る少年のような眼差《まなざ》しだ。その純粋な瞳《ひとみ》に、私は面食らってしまう。

「小さいころから、魔法に憧《あこが》れてて……。そんなことを言ったら、笑われてしまうから、出来るだけ口にしないようにしてたけど」

「ほほう、なるほど。喜んで頂けるのは光栄ですな。とはいえ、私はずいぶんと力が衰えた身ですから、大した魔法は使えませんが」

そう言いながらも、亜門はぱちんと指を弾《はじ》く。すると、インテリアの一部と化していた蓄音器が、待っていましたと言わんばかりに優雅なシャンソンを奏で始めた。

「わっ……！　凄《すご》い……！」

「まあ、このくらいの簡単な魔法であれば、朝飯前ですな」

亜門は少し得意げだ。そんな彼がちょっと微笑《ほほえ》ましい。

一方、好青年は、自分の頬《ほお》を叩いたりつねったりと忙しい。

「僕、やっぱり夢でも見てるのかな。本物の魔法使いに会えるなんて思わなかった！　あ、でも、眠れない日が続いたから、転寝《うたたね》してるのかも」

「ほう？　不眠なのですか？」

亜門は耳聡《みみざと》く捉《とら》える。

「ええ。実は――」

好青年は語り出す。

まず、彼の名は玉置《たまき》拓己《たくみ》というらしい。

玉置は、ここのところ何者かに監視されているような気がするのだという。

視界の隅に影がちらつき、常に視線を感じるというのだ。しかも、それが職場や通勤中にとどまらず、自宅にいる時にもつきまとっているのだという。

「なんか、それって……」

「巷《ちまた》で流行《はや》っているという、ストーカーなのでは？」

亜門がバッサリと言ってしまった。

気遣い上手のはずの紳士は、偶に人の心が分からない。「ちょっと、亜門」と小突くが、玉置は「いいんです」と苦笑した。

「三谷にも――同僚にも、同じことを言われましたから」

「三谷……」

実にマイペースな我が友人の顔を思い出す。彼なら、平然とした顔で「ストーカーなんじゃないか？」と言いそうだ。

「しかし、家の中までとは、ただ事ではありませんな」

「一度、勇気を振り絞って視線の主を探してみたんです。トイレやバス、クローゼットの中も開けて、誰かが潜んでいないかを確認してみたんです。でも、誰もいませんでした」

「ベッドの下や天井裏は？」

「ベッド下は収納ですからね。でも、天井裏は見てないな……」

玉置は表情を曇らせた。「ふむ」と亜門は顎《あご》を擦る。

「どうですかな？　あなたの不眠を解消するのを、お手伝いしましょうか？」

「えっ、いいんですか？　魔法使いに助けて貰えるなんてとっても頼もしいんですけど、さすがに申し訳ないというか……」

「構いませんぞ。その代わり、代償として、あなたの物語を見せて頂ければ」

亜門は片目をつぶる。

「僕の、物語……?」

「ええ。とはいえ、特別なことをして頂くわけではなく――」

「すごい!　僕が物語を書いていることまで当てちゃうなんて!　さすがは魔法使いですね!」

玉置は更に目を輝かせる。

これには亜門も予想外だったようで、「えっ」と一瞬だけ素に戻ってしまった。

「……ま、まあ、心を読むのも造作もないことです」

取り繕うのが早い。玉置はすっかり、亜門に心を読まれたものだと思い込んでいた。

「じゃあ、最近、筆が進んでいないのもお見通しなんですね?」

「不眠の原因の一つは、それではありませんか」

「ええ、たぶん」

曰《いわ》く、彼は絵本作家を目指しているらしい。

書店でアルバイトをしながら手製の絵本を作り、休みの日は近所の子供たちに読み聞かせを行っているらしい。

「つたないながらもプロを目指しているから、出版社にアプローチをしようとも思っているんです。でも、最近は筆がはかどらないんです。なんだか、自分の物語が自分のものでないような気がして」

「自分のものでない？」

「なんだか、魂が入っていないんです。どれだけ描いても、そう思ってしまって。だから、もう、筆を折ろうかとも思いまして……」

「ふむ……」

亜門は玉置を見つめる。いや、その猛禽《もうきん》の視線は、その後ろに向けられていた。私も視線を追ってみるものの、玉置の背後には何も見えない。

もしかしたら、亜門は見えないはずのものを見ているんだろうか。たとえば、幽霊とか。

「おや、司君。顔色が悪いようですが、大丈夫ですか？」

「え、ええ。なんとか……」

幽霊とストーカーなんて、そんな恐ろしいコラボとは関わりたくない。しかし、人が困っているとなると、そうは言っていられない。

「せっかくなので、あなたの物語を、見せて頂いても構いませんかな？」

「え、ええ。僕の物語なんかでよければ」

「なんか、なんて言わないで欲しいものですな。ひとの物語は、どんなものであれ尊いものですから」

亜門は微笑む。玉置もまた、つられるように笑った。

「せっかくですから、当店自慢のブレンドを飲んで頂きたいものですな。これからもお仕事があるのでしたら、目が覚めた方がよいでしょうからな」

そう言って、亜門は優雅に踵《きびす》を返し、カウンターの向こうへと歩いて行ったのであった。

玉置はブレンドコーヒーをじっくりと堪能《たんのう》し、売り場へと戻って行った。

「さてと」

私がテーブルを片付けたところに、亜門がやって来た。手には大きくて薄い本が携えられている。

「それは？」

「玉置君の本です」

「あれ？　いつの間に持ってきて貰ったんですか？」

「いいえ。彼が書いた本ではなく、彼の人生を綴《つづ》った本です」

すなわち、亜門が魔法で本にしたものだ。

「えっ？　あれ？　彼と契約を結びましたっけ？」

「ええ。私は許可を頂いたでしょう？」

「でも、あれは彼が書いた物語じゃあ……」

疑問を浮かべる私に、亜門がにんまりと笑った。

「私は、彼の〝書いた〟とは言っておりませんな」

「あっ！」

亜門は、単に彼の物語を見せてほしいと言っただけだった。それに対して、彼は自分の物語でよければ、と許可をした。

彼にしてみれば、自分が書いた物語だと思っていたのだろう。しかし、そこに穴があったのだ。

「……そりゃあ、捉えようによっては、彼自身の物語とも取れますが」

私は眉間を揉む。

「なんかこう、騙《だま》し討ちみたいですね。いいんですか。そんなことをして」

「私が欲しいのは、その方の本ですからな。そのためには手段を選びません」

亜門はしれっとしていた。

「こ、言葉を選びましょうよ。あなたがやってることは善行なんですから、勿体《もったい》ないじゃないですか！」

「しかし、本を集めるのは趣味ですからなぁ」

そうだった。彼は彼のために人の人生を本にして集め、彼が人間を愛し、ハッピーエンドを好むから人を助けている。すべては利己的な行動だが、彼の性格が善良であるがゆえに、結果的に善行に結びつくというだけなのだ。

「なんかなぁ……」

「幻滅しましたか？」

「それくらいで幻滅なんてしませんけど、色々とずるいと思いまして」

「ずるい？　何故《なぜ》です？」

ちょっと意地悪な笑みを浮かべる亜門に、「知りません！　教えません！」とぴしゃりと言った。

「はっはっは。司君を怒らせてしまいましたな。まあ、彼にはちゃんとブレンドコーヒーをご馳走《ちそう》しましたし、彼の問題も解決しますので勘弁してください」

「そうだった。ストーカーに悩まされていたり、絵本作りが行き詰っていたりして、大変そうでしたしね」

「ええ。その彼なのですが、彼の周りに守護の気配を感じましてな」

「守護の気配？　ストーカーの気配じゃないんですか？　てっきり、幽霊のストーカーがとりついていて、そのせいで、絵本作りが捗《はかど》らないのかと……」

「そのような邪悪なものは感じませんでした。付きまとわれているというよりも、見守られているようでしたな。随分と彼に溶け込んでいたので、それが何かは、すぐに判断出来ませんでしたが」

眼鏡の奥の目を凝らす。玉置の背後をじっと見つめていたのは、その所為だったのか。

「いずれにせよ、この中に鍵《かぎ》がありそうですな。彼自身が言っておりましたが、筆を折ることで縁が失われそうになっているのは明らかです。何としてでも、それを阻止しなくては」

「そうですね。絵本作家になるのが夢ならば、実現して欲しいですし」

「ええ。世の中に出るはずの本が、減ってしまうのは悲しいことですからな」

亜門はそう言って、大きな本を開いたのであった。


その本は、絵本だった。

緻密な筆遣いだが温かい色合いの、子供のみならず大人も好みそうな絵が、広いページにめいっぱい描かれている。

主人公は、絵本が好きな少年だった。

少年は、絵本を読んで貰うのが大好きだった。毎回のように、図書館でやる読み聞かせに通っていた。そこでは、司書や、時に作家が読み聞かせてくれていた。

しかし、少年が一番好きなのは、母親から読み聞かせて貰うことだった。

少年は、いつの日か、母親に読んで貰うために絵本を描くようになっていた。文字を覚え、絵を練習し、一生懸命に製本して、本を何冊も、何十冊も作っていた。

画用紙に描き、ホッチキスで製本していたものが、そのうち、スケッチブックに筆を走らせるようになったり、デジタルで描いたりするようになっていた。

もし、ちゃんとした絵本になったら、母親にプレゼントをしたい。自分に本の楽しさを教えてくれた母親にお礼をしたい。そう思って頑張っていた彼だが、ある日、母親は病気で他界してしまった。

「最期の時まで、母親は少年の——玉置君の絵本を楽しみにしていたようですな」

亜門の横顔は寂しげだった。絵本に登場する、玉置少年に感情移入しているようだった。

「そう、ですね。だからこそ、お母さんが亡くなった後も、絵本作家を目指したのでしょうけど」

物語は、成長した少年が行き詰っているところで終わっていた。

たくさんのスケッチブックに囲まれてうつむきながら、「僕には、本が作れないかもしれない」という、悲しい言葉で締められている。

「いやはや。やはり、こういう物語は応《こた》えますな。出来るだけ早急に、解決して差し上げたいものですが」

亜門は顎に手をやり、考えをまとめる。

「行き詰った絵本制作。ストーカーのごとくちらつく影。そして、あの守護の気配……」

「彼は随分と悩んでいたようですし、母親も気が気じゃないでしょうね。仲がいい親子だったみたいだし、悲しんでるかも」

「それです！」

「そ、それ⁉」

　亜門は猛禽の瞳を輝かせていた。

「守護の気配とストーカーの影、恐らく、同一人物と考えてよいでしょう。彼の母親である可能性が高い」

「母親が、ストーカー……？　いや、違うか。母親としては見守っているつもりだけど、彼にはそれが通じていないから、つい不気味に思ってしまった……って感じですかね」

「ええ。それで間違いないでしょう。人は、先入観に左右されるものですからな。怪しいと思ってしまったら、誤解が解けぬ限りは怪しいと思ったままです」

　――本質を見誤ったままだと、それが真実になる。

　コバルトの庭園にいたチーズだるまの言葉を思い出す。工置もまた、それと同じ現象に囚《とら》われているのだろう。

「しかし、気配が現れたのは最近になってのことのようですからな。彼の母親が亡くなったのは、随分と前のようですが」

「ああ。母親が亡くなった直後なら、その影が母親の可能性であることを、まず考えますもんね」

「母親がどうして、最近になって現れたのか。きっかけとなるのは、彼が絵本制作に行き詰ったことだと思うのですが」

亜門は、手にしていた玉置の本を丁寧に閉じた。

「彼に、訴えたいことがあるのかもしれませんな」

「訴えたいこと……」

「もしかしたら、何かを思い出して欲しいのかもしれません。それはまた、玉置君にお会いしたら聞いてみましょう」

「あ、そうか。彼は亜門に自作を見せようとしてましたしね。……ん、待てよ？」

亜門は玉置の人生を綴った本の代わりに、珈琲を提供した。しかし、玉置の自作した本も見られるということは、一石二鳥ではないだろうか。

思わず、亜門の方を見やる。

彼は私が言わんとしていることを察したのか、苦笑した。

「玉置君の自作の絵本については、彼の失いかけている縁を繋《つな》ぎ止めることで清算致しましょう」


翌日、玉置は律儀に〝止まり木〟まで来てくれた。

驚いたことに、玉置の描いた絵は、玉置の人生を綴った本に描かれた絵のタッチによく似ていた。

彼のぬくもり溢《あふ》れる絵は、彼の人生そのものだというのだろうか。

「母との約束、ですか」

亜門が心を読める魔法使いだと信じて疑わない玉置は、亜門の質問を何の疑問もなく受け入れた。

「そう言えば、困った時に開けてみてと言われた箱があったような……」

「もしかしたら、お母様はそれを開けて貰いたがっているのかもしれませんな」

「なるほど……。実家から上京する時に持ってきたと思います。ちょっと、探してみますね」

玉置は深く頷いた。

「そのことなのですが」

「はい？」

「是非とも、我々もお手伝いしたいのですが」

「えっ？」

私と玉置の声が重なる。

「手伝いって……」

「玉置君のご自宅まで行くのです」

亜門はなんてことのないように言った。

「ね、寝耳に水ですよ。そんな予定、聞いてないんですけど」

「司君、当たり前です。私が今、決めましたからな」

亜門はしれっとしていた。

「第一、迷惑なんじゃ……」

玉置の方を向く。彼はしばらく呆気《あっけ》に取られていたが、「いいですよ」と頷いてしまった。

「い、いいの？」

「魔法使いがそう言うなら、何か意味があるんじゃないかと思って」

ベビーフェイスのイケメンは、真っ直ぐな目でそう言った。

「玉置君はいい子ですな。司君は、どうします？　場合によっては、人手が多い方が有難いのですが」

「行きますよ。あなたは僕の雇用主ですから、言うことを聞きますって」

それが、亜門の善意による行いであれ、趣味の範囲であれ、答えは変わらない。

「聞き分けの良い方は好きですぞ」

うんうん、と亜門は頷く。なんだか悔しい。

だがまあ、困っている人間を放っておくのは嫌だし、亜門がどう解決するのかも知りたかった。砂男の時のように、危険なことが無ければよいのだが。

当の亜門は、玉置の持ってきてくれた絵本を眺めている。その表情は満足げだ。

「どうですか？」

玉置が感想を尋ねる。亜門は大きく頷き、「結構な出来ですな」と称賛した。

「緻密で奥行きのある絵と、深読みが出来る内容が良いですな。これは、大人も子供も楽しめそうです」

「本当ですか⁉」

玉置はみずみずしい頬を紅潮させていた。心底嬉しそうだった。

「ええ。本当です。私の素直な感想ですぞ」

亜門は、私にその絵本を差し出す。

私も失礼して、玉置の絵本を眺めてみた。まず驚いたのは、それが、プロではなくアマチュアが描いたということだった。そう思うほどに、本はよく出来ていた。

一つ一つの絵も丁寧だし、話は何だか奥が深い。読んだ後は絵本の情景を思い出し、考察したくなる。

「絵は、背景が特にすごいな……。世界観がちゃんとしてるっていうか、登場人物がこの中で生活しているのが、手に取るように分かるよ」

「そ、そうかな。ありがとう」

玉置ははにかむ。アイドルみたいな顔立ちなので、異様に可愛《かわい》らしい。

「登場人物は、動物が多いんだな。動物が好きなの？」

森の生き物が人間みたいに二本足で立って、木で出来た大きな家に住み、日常生活を営んだり、冒険をしたりする話が主だった。

そして、どの子にも優しい両親がいた。親のために何かをする話が多かった。

「そう。動物は大好きだよ。特に、森の生き物が好きでね。狐《きつね》とか、リスとか、ムササビとか」

「フクロウとか？」

間髪を入れずに口を出したのは、亜門だった。

「ああ、フクロウも大好きです！　可愛いですよね！」

「可愛い……」

嬉しいような、腑《ふ》に落ちないような顔で、亜門は呻《うめ》いた。

「フクロウだと、コノハズクなんかは可愛いですよね。――君も、そう思うだろ？」

亜門から私へと話を向けられる。

「え、あ、えっと。フクロウの種類ってあんまりよく知らなくて……」

「ああ、なるほどね。コノハズクっていうのは――」

玉置は本と一緒に持ってきたスケッチブックと鉛筆を取り出す。そして、さらさらと、実に軽やかに描き出した。

「手乗りサイズの、可愛いミミズクのことなんだ。中でも、ミナミアフリカオオコノハズクなんかはすごく可愛い」

目も身体も丸っこいフクロウが、スケッチブックの上に登場する。小さいくちばしの周りには可愛らしいひげが生えていて、ミミズクの特徴たる耳のような羽根も小さい。

「本当だ、可愛いな……」

「ふむ。では、ワシミミズク系はどうですかな？　ユーラシアワシミミズクや、ファラオワシミミズクなどは」

「ああ」

玉置の鉛筆が、再びなめらかに動き出す。白紙の上に現れた線が、あっという間に生命を宿す様は、まさに魔法だった。

玉置が描いてくれたワシミミズクを見て、「あっ」と声をあげる。姿かたちが、亜門の本来の姿によく似ていたのだ。

「ワシミミズクは、ソクロウの中でも大型ですよね。特に、ユーラシアワシミミズクは最大級で、子鹿や狐を捕えて食べることもあるとか」

コノハズクに比べて、顔立ちが精悍《せいかん》で、猛禽類の名に相応《ふさわ》しい体つきだ。その中でも、足の爪《つめ》に目が行ってしまう。かぎ爪はまさに凶器で、食い込んだらただでは済まないだろう。

「彼らはカッコいいですよね。イメージ的には隼《はやぶさ》や鷹《たか》に近いですし、翼を広げた姿は迫力がありますし！」

「そうですか。それは何より」

亜門は満足そうに頷く。一体何をしているやら。

「でも、モフモフしててやっぱり可愛いですよね」

「くっ……」

亜門は悔しげに拳《こぶし》を握った。そんな彼をそっと小突き、小声で言う。

「亜門、やめましょうよ。なんとしてでもカッコいいって言われようとするの」

「しかし、司君。私には私のプライドが……！」

「必死になるその姿自体、なんだかカッコ悪いですし」

「な……っ！」

「それに、非常に言い難《にく》いんですけど、年甲斐《としがい》もなく必死になる姿が、なんだか可愛いですし……」

「つ、司君まで……！」

亜門はがっくりと肩を落とした。

「だ、大丈夫ですか……？」

元凶の玉置は、心配そうに尋ねる。

「ええ……。無様なところを見せて申し訳ございません……」

参りましょうか。と、亜門は奥からコートを取ってくる。私もまた、エプロンを脱いで身支度を整えた。

「流石《さすが》に、可愛いと言われると応えますなぁ……」と亜門はぼやく。

「いいじゃないですか。あなたも偶に、僕のことを可愛いなんて言ってますし」

「それは、司君が可愛らしいから仕方がないことだと……」

「仕方なくないです。そんなことを言ったら、亜門を可愛いと言うのも、フクロウを可愛いと言うのも同じことです」

「私は可愛いと言われる筋合いはありませんな」

「僕もです」

お互いに、口を固く結んで睨《にら》み合う。

譲らぬ両者。しかし、思わず同時に噴き出した。

「ふ、ふふふ……」

「えへへ……」

肩を揺らして笑う亜門に、つられるように私も笑む。

「いやはや、困ったものですな。まあ、司君に向ける『可愛い』は、愛情表現の一種ですからな。あなたのそれも、愛情表現として受け取っておきましょう」

「ま、まあ、間違ってはいませんけどね」

でも、面と向かって愛情を語らないで欲しい。恥ずかし過ぎて、顔が炎上しそうになる。

「さてと。早急に玉置君の家に向かわねば。お母様が一体何を遺したのか、興味がありますからな。ハッピーエンドへの布石ならば良いのですが」

亜門は杖《つえ》を片手に、出口前で待ってくれている玉置の方へと歩いていく。

すっかり堂々たる姿を取り戻した賢者の背中を確認すると、私もまた、火照った顔を扇《あお》ぎながら、後に続いたのであった。


玉置の家は、電車でそれほど離れていない場所にあった。

住宅街にある平凡なアパートにとって、男三人が入るという状況はなかなかに厳しかった。

「ふむ。この家のどこかにあるのですかな？」

六畳の部屋とキッチンがあるだけで、実にシンプルな作りだし、それほど広くない。玉置は「ええ。この辺です」と決して大きくない押し入れを指した。

「実家から持ってきたものですぐに使わないものって、ここに入れっ放しになってたんですよね」

玉置は押し入れに頭を突っ込み、ごそごそとその中を探る。

「これは、我々が手を貸す隙《すき》は無さそうですな」

「ええ……」

亜門の言う通り、私達が手を出す余地はなかった。そもそも、押し入れに頭を突っ込めるのは一人。二人でやれば、たちまちに団子になってしまう。

仕方がないので、玉置が引っ張り出したものを、そっと脇に移動させる。

地味だし、それほど意味がない作業だ。亜門なんて、途中から本棚の方に目をやったまま、「流石に、絵本が多いですなぁ」と言い始める始末だ。

「あった！」

三十分ほどもして、玉置は古びた物体を取り出した。

「本……？」

〃止まり木〃にありそうな、ハードカバーの洋書だ。しかし、玉置は首を横に振った。

「ううん。本を模した箱だよ。ほら」

分厚いページを横から小突くと、コンコンと木の音がする。

「ほう、洒落《しゃれ》たアイテムですなぁ」

「こういう箱は、ちょっとオシャレな雑貨屋に売ってますよ。あのお店に似合いそうですね」

「ええ。本物の本に混ぜて、司君を吃驚《びっくり》させたいものですな」

「吃驚する前に、気付かずに本棚に入れちゃいそうですけどね……」と楽しそうな亜門にツッコミをする。

「そうやって書棚に収まっているのが小物入れだと気付かず、私が読もうとしてガッカリするわけですな……」

「だ、誰も幸せにならない……」

項垂《うなだ》れる亜門に、玉置もつられて肩を落とす。

「それはともかく」と亜門は話題を切る。

「何が入っているのですかな？」

我々は玉置の持っている本型の小箱に注目する。古い洋書を模したそれは、手帳ほどの日記帳であればすっぽりと入る大きさだ。下世話な話だが、札束だって入るだろう。

玉置は固唾を呑む。私達も、黙って彼の様子を見守った。

「それじゃあ、開けますよ」

箱に鍵はない。バンドで留められていたものの、とても簡単なもので、すんなりと解《ほど》けてしまった。

玉置がそっと蓋《ふた》を開ける。

玉置の母親が遺した、行き詰った玉置を助けるためのもの。それは、なんと――。

「本？」

一冊の文庫本だった。

三人で顔を見合わせる。本を模した箱の中にあったのは、本だった。

「タイトルは？」

「〝オズの魔法使い〟ですね……」

「ほう！　ライマン・フランク・ボームの名作ですな！」

亜門の、眼鏡の奥の瞳が輝く。

〝オズの魔法使い〟ならば、私も幼いころに絵本を読んだことがある。竜巻で家ごと異世界に飛ばされてしまったドロシーという少女が、家に帰してもらうために、オズの魔法使いを訪ねるという話だ。

そこに、脳みそが欲しい案山子《かかし》と、心が欲しいブリキの木こり、勇気が欲しいライオンが加わる。

そのみんなで、旅をする話だったが、果たして、オズの魔法使いに会えたかどうか。みんなが欲しいものが手に入ったのかどうか。肝心の結末を覚えていない。

「この話、昔、母に読んで貰ったものです。有名な話だから、簡単な童話かと思ったんですけど、意外と長くて」

だから、毎日少しずつ読んで貰ったのだという。私が読んだものはそれほど長くなかったので、きっと、簡略化されたものだったのだろう。

「でも、おぼろげな内容しか思い出せないんですよね。結末がどうなったか……」

「それは分かる。僕もそうだよ」

「やっぱり？　そうだよね」と玉置と私は頷き合う。

「これだと絵本じゃなくて挿絵も少ないし、その頃の僕では読めない漢字も多かったから、母はこう言ったんです」

――あなたが大きくなったらプレゼントするから。この本には、大事なことがたくさん書いてあるからね。

玉置は、改めて〝オズの魔法使い〟を見つめる。

「大事なこと、か。今の僕にとって、大事なことなんだろうか……」

「足りないものを求めてオズの魔法使いに会いに行く話……。そして、作品のことで行き詰ってる君……」

「僕は、作品に魂が足りない気がしてる。なんだかひどく物足りなくて、ちぐはぐな気がしてるんだ。だから、魂を貰いに行けばいいんだろうか」

玉置は首を傾げる。

いいや。母親が言いたかったことはそうではない気がする。もっと、大事なメッセージがその中に隠されているのではないか。そう感じているのだろう。

「ふむ。お二人とも、記憶が曖昧《あいまい》なようですからな。せっかく、ここに本があることです。読んだ方がよろしいのでは？」

亜門は我々の間に割って入る。彼は、意味ありげな笑みを浮かべていた。

「……亜門は、もう、答えを悟ったみたいですけど」

「魔法使いですからな。遺されたものから意図も読み取れるというものです」

「意地悪をしないで、教えてくださいよ」

「意地悪ではありませんぞ。自分達で気付いてこそ、宝となるものですから。とはいえ、お二人で読むのは難しそうですからな。この亜門が、読み聞かせて差し上げましょう」

いかが？　と亜門は手を差し出す。

玉置の目が再び輝いた。是非と答えたのは、言うまでもない。


故郷に帰りたいドロシー、脳みそが欲しい案山子、心が欲しい木こり、勇気が欲しいライオンは、オズがいるというエメラルドの都へと旅をする。

しかし、オズに会う前に、たくさんの試練が彼女らに立ちはだかった。そのたびに、案山子は知恵を駆使し、木こりはたびたび情け深さを見せ、ライオンは勇気を振り絞って敵に立ち向かった。

一行はオズが住むというエメラルドの都に辿り着いたものの、オズは偉大な魔法使いではなく、魔法使いを装った普通の人間だった。がっかりする一行であったが、グリンダというやさしい魔女が各々に道を示し、ドロシーも無事に故郷へ帰れたのであった。

そう、オズから欲しいものがもらえないと落胆した案山子と木こりとライオンだったが、彼らは旅の過程で、知恵と心と勇気を得ていた。ドロシーですら、異世界に来た時に、行きたい場所へ飛んでいける靴を手に入れていたのである。

だが、ドロシーはその靴の使い方を知らなかった。案山子も木こりもライオンも、自分の中にある宝物に気付けなかった。そういう話だった。

「そっか……。そんな話だったんだ」

亜門が本を閉じたと同時に、玉置はぽつりと呟《つぶや》いた。亜門の読み聞かせがあまりにも見事で、半分放心状態だった。私も、ようやく玉置の言葉で現実に戻ったくらいだ。

「それじゃあ、もしかして……」

玉置は自分のスケッチブックに視線を落とす。

「僕の作品にはもう、魂は宿ってるのかな」

「ええ。少なくとも、私はそう思いますな」と、亜門はゆっくり頷いた。

「自分の作品に足りないものがあると感じたのは、何かきっかけがあってのことですか？」

「いいえ。ある日突然、何かが足りないと思ったんです」

「それは、成長の兆しなのかもしれませんぞ」

「成長の兆し？」と玉置は鸚鵡《おうむ》返しに問う。

「ええ。自分の作るものの粗が見える時こそ、成長のチャンスなのだと聞きました。多くの人はあなたのように立ち止まってしまうものですが、それを乗り越えれば、あなたは飛躍的に伸びることでしょう」

「そっか。身体が大きくなると、服がきつくなるようなものかな。服自体に問題があるわけじゃないのに、服のせいにしていたんだろうか」

「まあ、そのようなところです。せっかく成長したのですから、服も相応しい大きさにしたいものですな」

亜門は玉置に〝オズの魔法使い〟を返す。

彼は母親が遺してくれたそれを、そっと胸に抱いたのであった。


数日後、私はあの路地裏にあるカレー屋へと足を運んだ。

意を決して入ると、中は小ぢんまりとしたレトロな内装の店であった。

私は、迷わずホワイトカレーを注文する。一体、どれだけホワイトなのか。期待半分、恐ろしさ半分で待っていると、そっと入口の扉が開かれた。

「こんにちは……。あっ」

玉置だった。

「良かった！　丁度良いところに！」

玉置は大きな荷物を抱えていた。

どうやら、これから出勤らしい。その前に、昼食をとろうとしてこの店に入ったのだという。

「後でまた挨拶に行くけど、とりあえず、これ！」

玉置は大きな袋に包まれたものを取り出す。

「亜門さんに渡しておいてほしいんだ」

「それは？」

「僕の本。あの後、新しく物語を書いたんだよ！」

玉置は目を輝かせて言った。

「そっか、すごいなぁ……」

しみじみと呟きながら、包みを受け取る。袋越しに、ぬくもりを感じたような気がした。

「ありがとう。絶対に渡すよ」

「ありがと！　それと……」

玉置はちらりとこちらを見やる。アイドルみたいな顔で上目遣いをされると、妙な気になるのでやめて欲しい。

「同席していい？　ダメだったら、別にいいんだけど」

「……！　もちろん、良いに決まってるじゃないか！」

私の返事に、玉置は顔を綻《ほころ》ばせる。私の表情も、つい、緩んでしまった。

「名取君はなにに頼んだの？」

「海老のホワイトカレー」

「ああ、限定食かぁ。僕もそうしようかな」

玉置は「まだありますよね？」とマスターに声をかける。大丈夫ですよ、とマスターは愛想よく答えてくれた。

「それにしても、神保町ってカレー屋が多いよね」

海老のホワイトカレーを頼んだ玉置は、僕の向かい席に座った。

「ああ、確かに。学生や勤め人が多いからかな」

「それはあり得る。あと、本を読みながら食事をするなら、カレーがベストだからって誰かが言ってた気がする……」

「本を読みながらカレー……？　そんなにいいかなぁ」

私達は首を傾げ合う。

「でも、パスタはフォークに絡める時に集中力がいるから、読書をしながらだと食べにくい気がするね」

「サンドイッチも、手が汚れるしな……」

「亜門さんはどうしてるの？」

「亜門だったらきっと、食べながら本を読むなんて行儀が悪いですぞ、って言うと思う」

「言いそうー！」と玉置は納得顔だ。

「それじゃあ、カレーに合う珈琲はどうかな。読書と相性がいい珈琲とカレーが結びつくのなら、カレーも読書のおともに相応しいってことで」

「うーん。食後の締めにだったらいいのかも。もしくは、スパイシーな風味の豆を使うとか。インドネシア産の豆がそんな系統だった気がする……」

「わっ、なんかプロっぽい！」と玉置は素直に驚いてくれる。

「勉強してるからね」

ちょっと誇らしげに胸を張ってみせた。

そうしているうちに、実にかぐわしい香りが漂ってきた。しばらくすると、我々の前に、二皿のホワイトカレーがやってくる。

「白い！」

声が重なる。ルーは真っ白でシチューのようだった。黄色のサフランライスが、その白さを余計に際立たせる。

私達は顔を見合わせ、頷き合う。手を合わせると、意を決してホワイトカレーを口に運んだ。

すると、どうだろう。ルーはサラサラだがピリッと辛く、それでいてまろやかだった。サフランライスの独特の風味とよく調和していて、もともと一つだったんじゃないかと思わせる。

私達は思わず、「おいしい！」と同時に叫んでしまったのであった。

〝止まり木〟で絵本を受け取った亜門は、いつものソファでそれをじっくりと読んでいた。彼は、とても満たされた顔をしていた。

「どんな話だったんですか？」

「ふふ。これは玉置君が私に描いて下さった本ですからな。ふたりの秘密ということにしたいものですな」

「えっ、そ、それは何だか寂しいんですけど！」

「冗談です、冗談。そんなに、しょんぼりしないでください」

亜門はくすくすと笑う。毎度のことながら、手のひらの上で踊らされている気がして悔しい。でもそうやって、悪戯《いたずら》っ子のように笑う亜門を見るのは、嫌いではなかった。

その後、私はちゃんと亜門から絵本を見せて貰った。

魔法使いが登場する絵本だった。その魔法使いがフクロウの姿をしていて、なかなかに凛々《りり》しくてカッコいい。体格と模様からして、ワシミミズクだろう。亜門が満足そうにしていたのは、このためだったのか。

相変わらず、緻密なタッチで描かれた世界は、見事なものだった。

しかし、今度の話は、今までとは少しばかり違っていた。主人公は親から離れ、広い世界に旅に出るのである。

画面いっぱいに広がる、広くて青い空。何処《どこ》までも続く希望を見ているようで、私の心に強く刻み込まれたのであった。

一方、玉置の人生を刻んだ本もまた、続きが現れていた。彼が、再び筆を取り、せっせと本を作る姿が描かれている。その隣では、優しそうな女性が見守っていた。「玉置君のお母様かもしれませんな」と亜門は言っていた。

そして、本の表紙には、〝オズの魔法使いと僕の宝物〟というタイトルが、美しい箔押《はくお》しで刻まれていたのであった。

玉置は絵本作家を目指す。きっと、この先は迷いがなくなり、めきめきと上達することだろう。私は、そんな彼が羨《うらや》ましかった。

絵本作家になりたいわけではない。だが、私は何者かになりたかった。

今日の出来事を記した日記を閉じる。亜門に出会って以来、私は日記をつけていた。魔法使いとの不思議な出会いを、形に残したかったのだ。

時計を見ると、夜はすっかり更けていた。

「眠れないな」

やけに目がさえている。

先日、亜門が口にした言葉が頭から離れない。

――絶対的な力によって、運命を断たれることがあるでしょう？

もし、亜門が居なくなってしまったら。そんな不安が、胸で渦巻いて仕方がない。

照明を消したくなかった。布団にもぐりたくなかった。闇《やみ》の中、一人で不安と向き合いたくなかった。不安が夢に出るのが怖かった。

「……亜門に会いたい」

気付いた時には、地下鉄に乗っていた。終電も近いというのに、乗客でいっぱいだ。誰かと話していたり、携帯端末を弄っていたり、みんなが、誰かと繋がっていた。

神保町に着くなり、走り出す。改札を出て、階段を駆け上がり、神保町のランドマークと化している新刊書店へと向かう。

神保町駅の路地裏を真っ直ぐ行くと、新刊書店の裏口が見える。裏口にある警備室には、照明がついていた。しかし、他の窓から灯《あか》りは見えない。従業員は、もう帰ってしまったのだろう。

店の中には、きっと入れない。入ろうとしたところで警備員に阻まれ、四階には辿り着けないだろう。

そこまで考えて、我に返る。

「……何やってるんだろう」

新刊書店の前に立ち尽くす自分に苦笑する。

深夜の神保町は、静かだった。学生もビジネスマンもおらず、人通りがほとんどない。昼間は賑《にぎ》わっていた書店は、どこもきっちりと閉まっていた。

静寂の空間。ここでも、私一人だけが取り残されているような気がした。

「……帰ろう」

踵を返そうとする。その時だった。

「司君。ご出勤ですかな？」

背後からだ。びっくりして振り向く。

「亜門！　どうしてここに！」

「司君の気配を感じましてな」

そこにいたのは、亜門その人だった。

夜に満ちた世界は、彼の存在を一層際立たせている。穏やかな瞳は猛禽の鋭さを取り戻し、眼差しはどことなく妖《あや》しいもののように見えた。

「まあ、気配を感じてやってきたというのは冗談で、夜の散歩をしていたのです」

「はは……、亜門らしいですね」

「店に戻りましょうか。私に用があるのでしょう？」

「あ、でも」

歩み出そうとする亜門を引き留める。警備員に見つかってはいけないのでは、と問うてみた。

「ご安心ください。夜の闇に紛れる魔法がありますからな」

「そんな魔法、使えたんですか？」

「私を何だと思っているのです？　夜の森を制する者ですぞ」

亜門は悪戯っぽく笑ったかと思うと、私の肩をぐっと抱き寄せた。

「わっ……！」

「さあ、静かに。息を殺して。ゆっくりと進むのです」

亜門のコートをそっと肩に掛けられる。私のもやしみたいな身体は、亜門の腕とコートの中にすっぽりと収まってしまった。

亜門に合わせるように、ゆっくりと前へ進む。警備室の正面にやって来たが、警備員はせっせと机上で仕事をしていて、こちらに気付く気配はない。

我々はそのまま、新刊書店の中に侵入し、〝止まり木〟までやって来た。

「今宵《こよい》は、どのようなご用向きでいらっしゃったのですかな？」

亜門はサイフォンの準備をしながら問う。

「なんだか、眠れなくて……。だから、その、雇いの店ではなく、友人の家に来たんです」

「ほう？」

　亜門は嬉しそうに目を細めてくれる。

　珈琲のほろ苦い香りが漂い始めた。サイフォンに閉じ込められた熱湯が、こぽこぽと音を立てるのを私はぼんやりと聞いていた。

「何か、不安でも？」

「……亜門は、すごいですね。何でもお見通しですか」

「司君の、顔に書いてありますからな」

　珈琲が注がれたコーヒーカップを出される。私は有難く受け取った。一口飲むと、珈琲特有のほろ苦さと、甘い風味が口の中を満たしてくれる。そのぬくもりに、私の強張《こわば》った心が、少しずつ解きほぐされていった。

「そんなに、分かり易《やす》い顔をしてますかね」

「ええ」と亜門は頷く。身も蓋もない。

「しかし、司君は、常に不安そうな顔をしておりますからな。ご自分に自信がないのか、周囲をしきりに見回して、出来るだけ合わせようとしている。空気を読むというのは大切なことですが、ご自分を押し殺しているのではないかと思って、心配しているのです」

「僕、そんな風に見えてたんですか……」

「少なくとも、私の目にはそう映っておりましたな」

彼もまた、自分のカップを持って正面に腰を下ろす。

「自分に自信が無いというのは、その通りだと思います。僕は、玉置のような夢もないし、亜門のように自分の道を見つけられてもいない。今まで、なんとなく流されて、なんとなく就職して、なんとなくこの歳《とし》まで生きてしまった。それが、辛《つら》いんです」

「それで、眠れなくなったのですか」

「ね、眠れなくなったのは、別件ですけど！」

しかし、原因を本人に話すのも恥ずかしかったので、伏せておく。

「兎《と》に角《かく》、亜門のアドバイス通り、人間社会ともちゃんと関わりを持とうと思います。そこで、僕は何者かになりたい」

「結構。何をすべきかを迷ったら、まずは自分の好きなことや、趣味、ついやってしまうことなどを挙げてみるといいかもしれませんな。そこに、天職へのヒントが隠されているかもしれません」

「うーん。趣味と言えば、最近は読書ですかね。その前までは、ついついゲームに流れがちでしたけど」

「ゲームとは、どういったものなのです？」

「テレビゲームですよ。僕は、ＲＰＧが好きでした。格ゲーなんかは苦手ですね。鈍くさいから、コマンド入力が下手で」

RPGというのは、登場人物を操作してストーリーを追うものなのだと、簡単に説明をした。

「なるほど。司君は昔から、物語を追うのが好きだったのですな」

「あ、そう言われてみれば、そうなりますね……。気付かなかった……」

「客観的に見て、初めて気付くこともありますからな」

亜門は何度も頷く。

「司君は、そういう仕事に携われると、幸せなのかもしれませんな」

「物語に関する仕事、ってことですか？」

「ええ。物語に携われる仕事というのは、たくさんあります。たとえば、本を一冊作るのにも、著者がいて、編集者がいて、イラストレーターがいて、デザイナーがいて、校正者がいて……。その他にも、様々な方が関わっています。更に、書店などへ営業に行く方や、書店で本を売る方もおりますからな。その中で、司君の能力に合った仕事をすればよいと思います」

「なるほど……」

「司君は仕事が丁寧ですからな。勿論、どの仕事も丁寧さは必要ですが、仕上げを重視されるところがよいでしょう」

「仕上げを……重視……」

自然と眉間に皺が刻まれる。亜門が挙げてくれたもので身近なものと言えば、書店員くらいだ。他は、おぼろげな想像しか出来ない。

「まあ、焦る必要はありません。ゆっくりと見極めていきましょう。それに、私に出来ることがあれば、喜んでお手伝いしますぞ」

「ありがとうございます。すごく、頼もしいです」

「頼もしいと言われると、照れくさいものですな」

澄ました顔で微笑まれる。そんな亜門を、じっと見つめた。

「どうしました？」

「いえ……。物語に携わる仕事は、いいなと思いまして。なんだかそれが、あなたと浮世を繋ぎ止めることにもなりそうな気がするんです」

こうして亜門と話していても、今この瞬間が夢なんじゃないかと思う時がある。〝止まり木〟に出勤する時も、いつだって不安なのだ。

気付いた時には、亜門が消えていそうな気がして。

「司君……」

亜門は静かに立ち上がる。彼の大きな手が私に伸びた。指先は骨太でいて、美しい。こんなに存在感がある姿なのに、こんなに希薄に感じるのは何故だろう。そう思いながら、彼を見つめていた。

　亜門の手が私に触れそうになる。次の瞬間、扉が勢いよく開け放たれた。

「御機嫌よう、本の隠者！　眠れないから本を読んでくれ！」

　コバルトだった。相変わらずの格好で、片手には大量の本を抱えている。

「またあなたですか……。というか、その大量の書物を私に読めと言うのですかな？」

「いやいや。俺が寝るまでで構わない。——おや、ツカサもいるじゃないか。ツカサでもいいぞ！」

「でも、って……」

　私の意思など聞かず、コバルトは本をぐいぐいと押し付けてくる。そのタイトルを見て、「あっ」と声をあげてしまった。

「〝オズの魔法使い〟だ……」

「なんだ、知っているのか。読もう読もうと思っていて、つい、機会を逃していてね。可笑《お》笑《か》しな連中が旅をするという筋は知っているんだが、ちゃんとした内容を知らなくて」

「コバルト殿に『可笑しな』と言われるとは、ドロシー殿達も心外でしょうな」

「なっ、アモン！　今日はいつも以上に毒舌じゃないか⁉」

　亜門はすっかりしかめっ面になっている。きっと、私も同じ表情になっていたことだろう。

「司君、コバルト殿形式で読んで差し上げましょう。オズの正体が明かされたところからが良さそうですな」

「そうですね。そこからならば、僕は上手《うま》く読めるような気がします」

「な、何だ、ふたりとも。それは、悪だくみをしている顔だな⁉」

「まあ、いつもあなたに振り回されておりますからな。たまには反撃させてください」

「そうですよ。振り回される側の気持ちも知るべきです」

亜門と私は頷き合う。そんな様子を見ていた、コバルトは「くそっ」と悪態をついた。

「ふたりがかりはひどいじゃないか！　俺を仲間はずれにするなんて尚更《なおさら》だ！　寂しいから俺も混ぜてくれ！」

コバルトの非難は、やっぱりどこかずれていた。

結局、ネタ晴らしから読むのは作者に対して失礼という亜門の意見により、正規の読み方で読み聞かせを行った。

勿論、亜門のようには上手く読めない。それでも、ふたりとも黙って耳を傾けてくれていた。

もっとも、コバルトは一向に寝る気配が無く、彼が眠りの世界に旅立つ前に、ドロシーが故郷に帰ってしまったのだが。

本書はハルキ文庫の書き下ろし作品です。

ハルキ文庫

幻《げん》想《そう》古《こ》書《しょ》店《てん》で珈琲《こーひー》を 青薔薇《あおばら》の庭園《ていえん》へ

著者 蒼月海里《あおつきかいり》

2016年3月18日第一刷発行
2018年9月28日第五刷発行

発行者 角川春樹

発行所 株式会社角川春樹事務所
〒102-0074 東京都千代田区九段南2-1-30 イタリア文化会館

電話 03(3263)5247(編集)
03(3263)5881(営業)

印刷・製本 中央精版印刷株式会社

フォーマット・デザイン 芦澤泰偉
表紙イラストレーション 門坂 流

ISBN978-4-7584-3984-8 C0193 ©2016 Kairi Aotsuki Printed in Japan
http://www.kadokawaharuki.co.jp/[営業]
fanmail@kadokawaharuki.co.jp[編集] ご意見・ご感想をお寄せください。

〈 蒼月海里の本 〉

幻想古書店で珈琲を

大学を卒業して入社した会社がすぐに倒産し、無職となってしまった名取司《なとりつかさ》が、どこからともなく漂う珈琲の香りに誘われ、古書店『止まり木』に迷い込む。そこには、自らを魔法使いだと名乗る店主・亜門《あもん》がいた。この魔法使いによると、『止まり木』は、本や人との「縁《えん》」を失くした者の前にだけ現れる不思議な古書店らしい。ひょんなことからこの古書店で働くことになった司だが、ある日、亜門の本当の正体を知ることになる——。切なくも、ちょっぴり愉快な、本と人で紡がれた心がホッとする物語。

Haruki Bunko
ハルキ文庫